外国人のための日本語 例文・問題シリーズ 16

談話の構造

日 向 茂 男
日比谷 潤子
共著

日本荒竹出版授權
鴻儒堂出版社發行

監修者の言葉

このシリーズは、日本国内はもとより、欧米、アジア、オーストラリアなどで、長年、日本語教育にたずさわってきた教師三十七名が、言語理論をどのように教育の現場に活かすかという観点から、アイデアを持ち寄ってできたものです。私達は、日本語を教えている現職の先生方に使っていただくだけでなく、同時に、中・上級レベルの学生の復習用にも使えるものを作るように努力しました。

このシリーズの主な目的は、「例文・問題シリーズ」という副題からも明らかなように、学生には、今まで習得した日本語の総復習と自己診断のためのお手本を、教師の方々には、教室で即戦力となる例文と問題を提供することにあります。既存の言語理論および日本語文法に関する諸学者の識見を無視せず、むしろ、それを現場へ応用するという姿勢を忘れなかったという点で、ある意味で、これは教則本的実用文法シリーズと言えるかと思います。

従来、文部省で認められてきた十品詞論は、古典文法論ではともかく、現代日本語の分析には不充分であることは、日本語教師なら、だれでも知っています。そこで、このシリーズでは、品詞を自立語では、動詞、イ形容詞、ナ形容詞、名詞、副詞、接続詞、数詞、間投詞、コ・ソ・ア・ド指示詞の九品詞、付属語では、接頭辞、接尾辞、（ダ・デス、マス指示詞を含む）助動詞、形式名詞、助詞、助数詞の六品詞の、全部で十五に分類しました。さらに細かい各品詞の意味論的・統語論的な分類については、各巻の執筆者の判断にまかせました。

また、活用の形についても、未然・連用・終止・連体・仮定・命令の六形でなく、動詞、形容詞とともに、十一形の体系を採用しました。そのため、動詞は活用形によって、u動詞、ru動詞、行く動詞、来る動詞、する動詞、の五種類に分けられることになります。活用形への考慮が必要な巻では、巻頭に活用の形式を詳述してあります。

シリーズ全体にわたって、例文に使う漢字は常用漢字の範囲内にとどめるよう努めました。項目によっては、適宜、外国語で説明を加えた場合もありますが、説明はできるだけ日本語でするように心がけました。

教室で使っていただく際の便宜を考えて、解答は別冊にしました。また、この種の文法シリーズでは、各巻とも内容に重複は避けられない問題ですから、読者の便宜を考慮し、永田高志氏にお願いして、別巻として総索引を加えました。

私達の職歴は、青山学院、獨協、学習院、恵泉女学園、上智、慶應、ICU、名古屋、南山、早稲田、国立国語研究所、国際学友会日本語学校、日米会話学院、アイオワ大、朝日カルチャーセンター、アリゾナ大、イリノイ大、メリーランド大、ミシガン大、ミドルベリー大、ペンシルベニア大、スタンフォード大、ワシントン大、ウィスコンシン大、アメリカ・カナダ十一大学連合日本研究センター、オーストラリア国立大、と多様ですが、日本語教師としての連帯感と、日本語を勉強する諸外国の学生の役に立ちたいという使命感から、このプロジェクトを通じて協力してきました。

国内だけでなく、海外在住の著者の方々とも連絡をとる必要から、名柄が「まとめ役」をいたしましたが、たわむれに、私達全員の「外国語としての日本語」歴を合計したところ、580年以上にも及びました。この600年近くの経験が、このシリーズを使っていただく皆様に、いたずらな「馬齢の積み重ね」に感じられないだけの業績になっていればというのが、私達一同の願いです。

このシリーズをお使いいただいて、Two heads are better than one.（三人寄れば文殊の知恵）とお感じになるか、それとも、Too many cooks spoil the broth.（船頭多くして船山に登る）とお感じになったか、率直な御意見をお聞かせいただければと願っています。

この出版を通じて、荒竹三郎先生並びに、荒竹出版編集部の松原正明氏に大変お世話になりましたことを、特筆して感謝したいと思います。

一九八七年　秋

ミシガン大学名誉教授
上智大学比較文化学部教授　名柄　迪

はしがき

日本語教育の中で、談話をどう考えるかについては、いろいろな意見、立場がある。

たとえば、日本語教育に限らず、外国語教育・学習は、ひとつひとつの学習事項の積み重ねの上に成立するものであり、そうした段階的学習を無視しての談話の教育・学習は効果が薄いという意見がある。

こんな話を聞いたことがある。大学の研究室へ電話したところ、留学生が電話に出た。日本語での対応は見事なものであった。そこで、相手の先生に伝えてほしい用件を話し始めたら、たちまちチンプンカンプンになってしまった……。

また、別の立場からは、基本文型や基本語彙の教育・学習に時間をかけすぎているのではないか、まずコミュニケーション上必要な事項を取り上げていく必要があるのではないか、という意見がある。

たとえば、

A　あの建物は何ですか。

B　あれは、ホテルです。

という質問・応答は、コミュニケーション上、ふつうありえないのではないか、という批判である。

会話場面を考慮すれば、質問に先立って、「あのう、すみませんが……」という導入語句が必要であり、相手の応答を受けてからは、「ああ、そうですか」という了承の表現や「ありがとうございました」というお礼の表現が加わるべきだ、ということになる。ただ、そうなると学習量は増えることになる。

それぞれの立場の長所・短所などをここでは議論しないが、一方でやはり外国語教育というものは、それなりの時間のかかるものであり、そして言葉による表現・理解には多くの事項が同時に必要となるというのも確かである。

いずれにしろ、日本語教育の中で談話に注意が向けられるようになって久しいし、そうした中で本書も成立することとなった。本書は、談話の構造に関する基本的な問題をできる限り取り扱おうとしたものである。いろいろと不備な点も多いと思うが、ぜひいろいろな立場の日本語教育関係者に利用してほしいと願っている。そして、多くの御意見・御批判をおきかせ願えれば、大変ありがたいことである。

日向茂男
日比谷潤子

目　次

本書の使い方

本書で取り上げた問題

ここでは、基本的な文法事項にもとづきながら、文と文が組み合わさって談話を構成していく場合のいくつかの問題を取り上げようとした。談話には、話し言葉も書き言葉も含めて考えたが、話し言葉の諸問題については、十分ふれていない面がある。

さらに、談話に関連して、表現上、重要であると考えた文法事項を主にして述べたところもある。また、談話を扱う上で重要な項目であっても、本シリーズの他巻の説明にゆずったところもある。したがって、本巻の全体的内容はかなり凸凹のあるものとなっている。たとえば、談話構成上、接続の表現は欠かせないものであるが、それは一冊の価値を持つものであり、くわしくは本シリーズの他巻にゆずり、ここでは簡単に扱った。

また、話し言葉において話をどう切り出すか、聞き手から話し手へ、話し手から聞き手へどう役割を決めていくか、談話の小さい単位から、次の単位へどう進むか、などの談話構成上の問題にもふれていない。日本語の定型的表現の問題や非言語行動を含めての言語行動様式の問題なども扱い切れなかった。

本書における談話の取り扱い

各章、あるいは各章の大きい主題ごとに、まず、学習事項を含む長めの談話を提示している。この長めの談話例には、簡単な解説がついているものとついていないものがあるが、いずれにしろ、その後に各項目ごとの簡単な説明、小談話例、練習を配置した。ただし、談話としての練習問題の作成が難しいところでは、練習を省いているが、これはごく例外である。

なお、各章や各主題ごとの談話例など、主要学習項目をできる限り盛り込むようにしたため、かえって談話の観点からは不自然に見える日本語となっているところがある。ある種の特定的な言い方が頻出しないのが、むしろ自然な言葉の姿だからである。

その意味では、本書を『談話の構造』というタイトルにしたことは、談話の問題と矛盾するところを含んでいるといえよう。これは、いつも日本語教育に限らず、外国語教育が直面している避けがたい問題でもある。

本書の利用にあたって

本書で取り上げた事項は、必ずしも順を追って学習していく必要はない。学習段階などに応じて、それぞれの項目の学習を深めたり、また知識の整理などに役立てたりしてほしい。また、基本的文法事項などの理解には、本シリーズの他の巻も参照してほしい。

先生方には、より適切な談話例や練習問題を追加するようにしていただければ、幸いである。

本書では、本書の性質上、小説、随筆、新聞記事、子供の読みもの、などいろいろの文章から多くの引用をしている。本書の教育上の内容と観点を理解し、引用を認めてくださった安部譲二、石綿敏雄、五木寛之、梅棹忠夫、開高健、川端秀子、如月小春、志賀直吉、津島美知子、永野賢、羽鳥博愛、宮田長子、山口瞳の各氏、また、国際基督教大学日本語科、国立国語研究所、サントリー、小学館、総理府広報室、日本たばこ産業株式会社、福音館書店、武者小路実篤会に御礼を申し述べる。

なお、本書の執筆にあたっては、主に次の参考文献を利用した。

池上嘉彦（一九八三）「テクストとテクストの構造」『談話の研究と教育Ⅰ』国立国語研究所
永野賢（一九八六）『文章論総説』朝倉書店
Seiichi Makino and Michio Tsutsui（1986）"A Dictionary of Basic Japanese Grammar"（『日本語基本文法辞典』）ジャパンタイムズ
三上章（一九七〇）『文法小論集』くろしお出版
南不二男（一九八三）「談話の単位」『談話の研究と教育Ⅰ』国立国語研究所
Susumu Kuno（1987）"Functional Syntax" The Univ. of Chicago Press.
久野暲（一九七三）『談話の文法』大修館書店
池上嘉彦（一九八一）『「する」と「なる」の言語学』大修館書店
寺村秀夫他編（一九八七）『ケーススタディ日本文法』桜楓社
ボウグランデ（一九八四）『テクスト言語学』池上嘉彦他訳　紀伊國屋書店
林四郎（一九八三）「日本語の文の形と姿勢」『談話の研究と教育Ⅰ』国立国語研究所
寺村秀夫（一九八一）『日本語の文法（下）』国立国語研究所

第一章　談話について

ここでは、談話とは何か、また談話と文法上の基本的な問題との関連について簡単に概観する。

〔一〕談話とは

談話は、ディスコース（discourse）、テクスト（text）、文章などとも呼ばれる。

南不二男他（一九八三）は、談話について「いくつかの文（一つの文だけでもかまわない）が常識的に見た場合、なんらかのひとまとまりの言語表現となっているもの」と定義し、さらに「話しことば、書きことばの別は問わない」とした。

また、池上嘉彦（一九八三）は、「『テクスト』（text）、あるいは『談話』（discourse）とは、『文』（sentence）のさらに上に立つ言語的単位を想定して、それに与えられた用語である」と述べている。

文章については、永野賢（一九八六）は「一つづきの言語表現であり、一つの文では表現しきれない一つの事柄を二つ以上の文の連結という手続きで表現した一まとまりのもの」としている。

こうした分野の研究は、談話分析、テクスト言語学、文章論などと呼ばれる。先の池上は、「音」、「語」、「文」、「テクスト」という四つの言語単位を取り上げ、「～から構成される」ではなく、「～として実現される」という発想のもとに「その単位の差は質的なものとして捉えられる」とし、「テクスト」の段階では、「『文』の意味から出発して、それが『コンテクスト』の中でどのように有意義に結合されるかを示さなくてはならない」と論じた。

次の諸例は、ある談話の冒頭（ぼうとう）の部分、あるいはひとつの談話となっているものである。

1　A　中村先生、おはようございます。
　　B　ああ、鈴木君、おはよう。

2　A　どれがいいでしょう。
　　B　この赤い花にしませんか。

3　A　やあ、この間は、どうも──。
　　B　いえ、こちらこそ……。

4　A　あっ、もしもし、村田さんのお宅ですか。
　　B　はい、村田ですが──。

5

ただ今　営業中

6

関東スーパー
ひなまつり祭
広告売り出し期間
2月27日（土）➡29日（月）

7　ある日のことである。

8　きいろい　ことりが　おりました。
そんなに　ちいさくも　ありません。
そんなに　おおきくも　ありません。
あかい　くちばしで　うたいます。

（ディック・ブルーナ　石井桃子訳「きいろいことり」）

9　吾輩は、猫である。名前はまだない。

（夏目漱石「吾輩は猫である」）

10　漢字は、一字一字が意味を持っており、表意文字といわれている。したがって、漢字それぞれの意味を無視するような漢字の用い方をしてはならない。漢字の意味を重んじて用いるというのが、漢字の用法の基本である。

〔二〕テクスト性

「文法性」というのは、文が単なる語の集合ではなく、それが文でありえることを言う。同じように、それが単に文の集合ではなく、テクストとして成立していることを「テクスト性」と言う。
（池上、一九八三）

次の諸例は、文としての表現の一貫性、また、文と文との有意義な結合という点で、文法性やテクスト性が欠けているものである。

1　A　この花、今日は小百合さんの誕生日だから、あげようと思います。
　　B　えっ、妹の小百合にプレゼント、やるんですか。

2　A　きのう、お茶の水の「ナザレ」っていうポルトガル料理のレストランに行ったんだけど。

B　あっ、そう。はじめてきいたレストランだけど、あの店、おいしいですか。
3　わたしは、今まで近代英語史の勉強をしていきました。これからも、同じテーマで勉強を続けてくると思います。
4　山田は、わたしの中学校の生徒であった。最近、大学受験のことで悩んでいるときいた。そこで、わたしは、山田に手紙を寄こした。
5　久しぶりに子どもたちを連れて、公園に遊びに行った。子どもたちはとても楽しかった。
6　二人は結婚して十年になる。妻はわたしが自分を今でも愛していると信じている。（後文はMakino *et al.*、一九八六）

池上は、テクスト性を支える構造的な要因として、大きく「結束性」（cohesion）、「卓立性」（prominence）、「全体的構造」（macrostructure）の三つをあげた。

結束性とは、それがばらばらの文の集まりではないということ、つまり文と文の続き具合に関する問題である。

卓立性とは、ある文、また文と文の連続の中で注意の焦点がどこにあるか、つまり何を特に目立たせて提示しているかということに関する問題である。

全体的構造は、テクスト全体を律している枠組の問題である。

以上の三つの要因を考えることは、本書の中心をなすものである。

追加説明　1

ボウグランデ（一九八四）は、テクスト性の七つの基準として、「結束構造」「結束性」「意図性」

「容認性」「情報性」「場面性」「テクスト間相互関連性」をあげた。

たとえば、車を運転していて（図1）の交通標識を目にしたら、スピードを落とせということだと読みとる。これは場面性である。“slow children”（知恵遅れの《動作の遅い》子供たち）が“at play”（遊んでいる）と読みとることはふつうない。

また、“The sea is water.”（海は水である）という文は、それが常識である人には、情報性が極めて低いので、テクストとしての価値も低いとした。ただし、学術論文での定義のように「もっと情報性の高いことを主張するためのきっかけとして」使われることがある。「海は、……水である。」

（図1）

SLOW
CHILDREN
AT PLAY

〔三〕　談話と日本語文法

ここで、日本語の文法のいくつかの特徴にふれながら、日本語の表現に関わる基本的な問題、またそれと談話との関連についてごく簡単にみてみる。

Makino *et al.*（一九八六）は、“A Dictionary of Basic Japanese Grammar”（「日本語基本文法辞典」）の“Preface”（「序」）で“Characteristics of Japanese Grammar”（「日本語文法の特徴」）について、次の九つを取り上げている。それぞれ、“Word Order”（「語順」）、“Topic”（「主題」）、“Ellipsis”（「省略」）、“Personal Pronouns”（「人称代名詞」）、“Passive”（「受け身」）、“Politeness and Formality”（「ていねいさとあらたまり」）、“Sentence-final Particles”（「終助詞」）、“Sound Symbolisms—giseigo and gitaigo”（「音象徴—擬声語と擬態語」）、“View Point”（「視点」）である。

（図２）日本語の語順

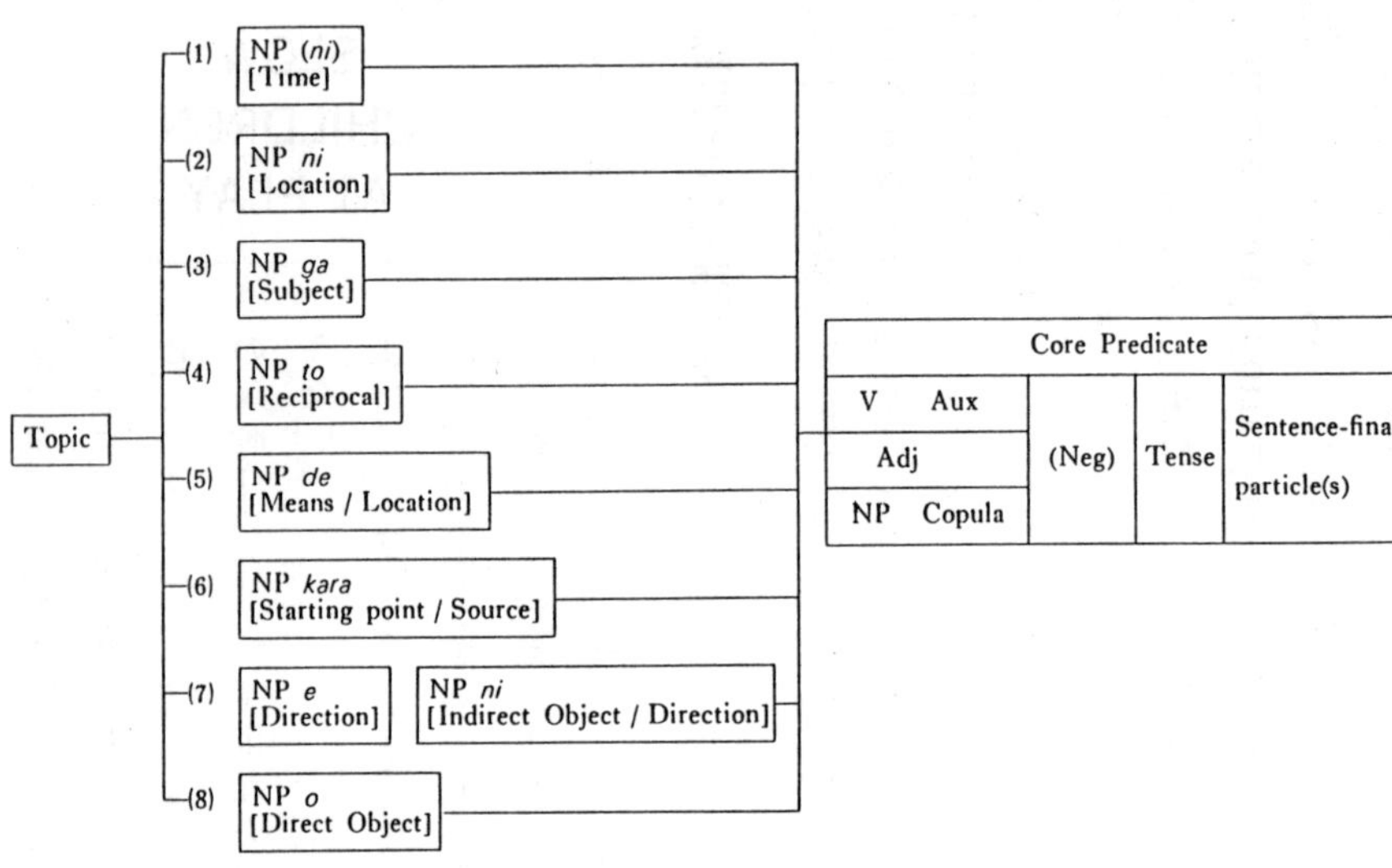

まず、これらの諸点をもとに述べる。

(1)　語　順

文の冒頭にふつう主題があり、最後に述語が来るが、その他の成分については文中の位置は比較的自由である。Makino *et al.* は、日本語の語順について（図2）を示し、主題、述語以外の成分の(1)～(8)は若い番号ほど文の始めに来る傾向があるとし、また「は」を伴って主題となるとしている。主題は、談話を考察する上での主要概念のひとつである。

(2)　主　題

主題は、簡単にいえば、その文が述べようとすることを提示する部分である。主題は、また文を越えて、談話の中で支配力を持つ。

(3)　省　略

主題が文を越えて支配力を持つということは、ある文において省略が起こっているということでもある。省略とは何かということも当然含めて、日本語のさまざまな省略の問題は、談話の構造と深く結びついている。

(4) 人称代名詞

日本語には、文法的に名詞とは別に人称代名詞と呼べるカテゴリーはない。それに相当するものとしては、部分的に「こそあど」の用法が重なり合っている。また語彙的には、人名、親族呼称、社会関係呼称などが用いられる。談話の問題としては、「こそあど」の用法や語彙的手段による結束性の問題、また省略の問題に関連する。

ただし、三人称の「彼」「彼女」は、ある特定の談話の中では、広く用いられるようになってきた。

(5) 受け身

談話の観点からみて、特に受け身で問題になることは、ある事象の影響を受けて主題（主語）となった「人物」には、話し手の注意、つまり文の視点があるということである。

1　太田さんは、若くして結婚した。しかし、（太田さんは）三年めに奥さんに逃げられた。

受け身は、また、「〜てある」や「〜てもらう」、「なる」（「する」）、自発、可能などの表現とも関連するものである。

(6) ていねいさとあらたまり

尊敬表現や謙譲表現は、受け身表現でも問題になる「間接」性、「直接」性の問題を含み、また「ウチ」「ソト」の観念とも固く結びついている。動詞述語の問題としては、「なる」「する」の表現に関連している。つまり、日本語による表現の基本的問題に係るところが大きい。

(7) 終助詞

ことに話しことばの談話の考察には、終助詞の問題を無視することはできない。終助詞をマークとして話し手が入れかわり、談話を形成することなども多いからである。

(8) 音象徴―擬声語と擬態語

これも日本語表現の基本的性格に係る問題である。

2　寒い風が吹き始めました。風はひゅうひゅう／びゅうびゅう／ぴゅうぴゅうと激しく一晩中吹きました。

Makino *et al.* は、"it is of vital importance that students of Japanese learn these sound symbolisms as part of their ordinary vocabulary." といっている。

(9) 視　点

同じ事象であっても、とらえる視点によって表現が異なってくることがある。これは談話の構造と緊密に結びついた問題である。また、ある文が視点との関連で成立しないことがある。たとえば、Makino は、

3　×　私の家内は私に秘密の手紙を読まれた。

が不成立の理由を次のように説明している。

(イ)　単文においては、視点は一貫していなくてはならない。
(ロ)　「名詞＋の＋名詞」では、前者の名詞に視点がある。
(ハ)　話し手（書き手）は、一般に自分の関与したことについては、自分に視点をすえる。
(ニ)　受け身文では、主題（主語）に視点がある。

視点については、いろいろな文法（表現）項目が論じられてきている。

次に、Makino *et al.* が積極的には取り上げなかったいくつかの問題について簡単にみてみる。どちらかというと、文法上の特徴の問題も含みながら日本語による表現上、あるいは談話上の基本的な問題にも関連する。

(1)　「なる」の表現
状況における自然な変化に注意のある表現である。

1　子どもも、もう六つになった。
2　夜になって、外は雪になった。
3　そのニュースを聞いて、私はうれしくなった。

「なる」に対応するのは、変化させることを表す「する」であるが、右の1、2に「する」を対応させることはできない。3は「する」を用いて表現すると、翻訳調の感じがする。

3′　？　そのニュースは、私をうれしくした。

「なる」による表現は、自動詞文、自発性の表現、「Vテある」、受け身、敬語などの表現に関連していくものである。

(2)　コト・モノの表現

日本語には、二重名詞化と呼んでいいような表現があり、これとコト・モノによるとらえ方は密接な関係にある。

1　ぼくは、やっぱり、花子のことが好きだ。

2　女というものは、自分の実感にもとづいて意見を言う。

3　君が言うことは、もっともなことだ。

4　社会というものは、そんなに甘(あま)いものではない。

5　もう時間はない。そんなことは、わかっているけど、このことだけは、どうしてもはっきりさせたいんだ。

6　もう時間はない。そうはいうものの、京子さんのくれたものだけは、どうしてもさがしたいんだ。

7　あの人は常識というものがわかっていないようだ。

(3)　ウチ・ソトの表現

これは、領域や視点の方向性に関連する表現の問題である。本シリーズ4『複合動詞』(13～15ページ) を参考にいくつか例をあげる。

(イ)　ソトからウチへ

1　レポートの発表については、寺田さんとよく相談してある。
2　波が大きく打ち寄せる。
3　春になって、すっかり元気を取り戻した。
4　休みになって、彼は来日した。

(ロ)　ウチからソトへ

5　同じ問題をもう一度やってみせる。
6　客を送り出した後は、静かなさびしさが戻ってきた。
7　別れのあいさつをすませると、彼はすぐさま立ち去った。
8　竹下首相は、まもなく訪米する予定です。

領域については、「こそあ」の意味・用法を考える際にも問題になる。視点の方向性は、卓立性を考える上での大事な問題のひとつである。

(4)　語彙の繰り返しによる表現

これは、ある文、談話の中で同じ語(句)を繰り返して用いる問題である。たとえば、本書3ページの10では、三文にわたる文章の中で「漢字」という語が五回用いられている。次は林四郎(一九八三)のあげている例である。

1　a　浅間山が爆発した。爆発は、大きいのが三回、小さいのは無数に起こった。
　　b　浅間山が噴火した。爆発は、大きいのが三回、小さいのは無数に起こった。

1のbは、関連語句による反復である。こうした問題は、指示、置換、省略などと関連するものである。

(5)　接続の表現

ここには、複文や連文の問題が含まれてくる。ほぼ、同様の内容のことを複文でも連文でも表現できることがある。また、複文における前件と後件、連文における前文と後文がどのていどの緊密性で、またゆるやかさで結びついているかという問題もある。あるいは、情報伝達上、中心となる後件、後文を省略して表現するという問題もここに含めてよいかもしれない。

1　a　山田さんちに行きましたが、留守でした。
　　b　山田さんちに行きました。しかし、留守でした。

2　a　あしたの展覧会、雨が降っても行きましょうよ。
　　b　沢田と申しますが、先生はいらっしゃいますか。

3　先生にお会いしたいのですが……。

(6)　応答詞の表現

会話において、応答詞は話し手の発言にどう対応したか、つまり談話をどう構成していこうとしているかを見る点で重要である。

1　a　これ、ちょっと借りていいですか。
　　b　はい、どうぞ。
　　b′　うーん、ちょっと。

〔四〕　本書で取り上げた談話の諸問題

総論をふまえて各論に入る前に、第二章では、まず談話の単位と主題の問題について簡単に取り上げる。談話の全体的構造に関連するものである。また、主題の問題は、第三章の「は」（と「が」）の問題に重なり合うところが大きい。

次の第三章では、「は」、「あげる（やる）／もらう／くれる」、「いく／くる」など卓立性や視点に関する問題を中心に取り扱う。

第四章では、文と文の結束性の問題を取り上げ、「こそあ」、「省略」、「語（句）の繰り返し」について述べ、「接続の表現」にもふれる。

第五章は、全体の論からは多少異質かもしれないが、日本語のひとつの基本的な表現の形として「なる／する」に簡単にふれている。

第六章は、談話の全体的構造の概観である。

第七章は、総合問題である。

〔五〕　本書の主要学習項目と本シリーズ他巻との関連性

ここで、本書で取り上げた主要な学習項目が、本シリーズの他の巻の学習項目とどう関連性を持っているか、簡単にみてみる。未刊行のものについては、推定して取り上げている。

1　談話の単位

学習の発展のために、ぜひ本シリーズの他巻を活用してほしい。特に基本的文法事項(じこう)などについては既刊(きかん)行分が多いので、そちらのくわしい説明を参照してほしい。

第二章　談話の単位と主題

談話とは何かについて、第一章で簡単に述べたが、ここでは、談話上の個々の問題を考えていく前提として、談話の単位と主題の問題について簡単にふれておきたい。

〔一〕単位の認定

接客五大用語

いらっしゃいませ
お早ようございます
はい、かしこまりました
恐れいります
ありがとうございます

（Doutor Coffee Shop の店内看板）

この看板は、「接客五大用語」という主題のもとに五つの接客あいさつ語が並べて書かれていて、全体でひとつの談話を構成している。ここではあいさつ語のひとつひとつが対等の関係で談話の成分であり、また談話の主題である「接客五大用語」という主題のもとに結集して、談話の単位となっている。

南（一九八三）は、談話の単位認定の手がかりとして、「表現された形そのもの」「参加者」「話題」「使用言語」「コミュニケーションの機能」「媒体」「表現態度（フリ）」「全体的構造」の八つをあげ、（表1）のように談話のいくつかを具体例で示している。

右の看板は、この表に照らしても談話の単位と言える。

こうした談話の単位認定の手がかりをもとにしてそれぞれの例をここで網羅するのは難しい。次の諸例はどのような観点から談話の単位となっているか考えてほしい。

1

本日は、勝手ながら休業致します

2

瞳は
いつも
元気。

（コンタクトレンズの広告）

話しことばの場合

（表１）

	形	参加者	話題	機能	表現態度	使用言語	媒体	構造
1回の電話	○	○	△	△	△	○	○	○
訪問者と主人側との会話	○	○	△	△	△	○	○	○
家族間の日常会話	△	○	×	×	△	○	○	△
1回のスピーチ	○	○	○	○	○	○	○	○
講演・演説	○	△	○	○	○	○	○	○

書きことばの場合

	形	参加者	話題	機能	表現態度	使用言語	媒体	構造
手紙	○	○	△	△	△	○	○	○
随筆	○	○	○	○	○	○	○	△
新聞記事（本文）	○	○	○	○	○	○	○	△
雑誌記事	○	○	○	○	○	○	○	△
新聞（全紙面）	○	△	×	×	△	○	○	△
総合雑誌（全体）	○	△	×	×	△	○	○	△
個人文集	○	○	△	○	△	△	○	○
複数の書き手の文集	○	△	△	○	△	△	○	○
雑誌の広告	○	○	△	○	△	△	○	△
部・章・節・段落など	○	○	○	○	○	○	○	○

○＝形、構造については、はっきりした特徴を示す。

　その他の項目については、一定または等質的。

△＝はっきりした特徴を示したり、示さなかったり。

　あるいは、一定または等質的だったり、そうでなかったり。

×＝はっきりした特徴を示さない。

　あるいは、一定または等質的でない。

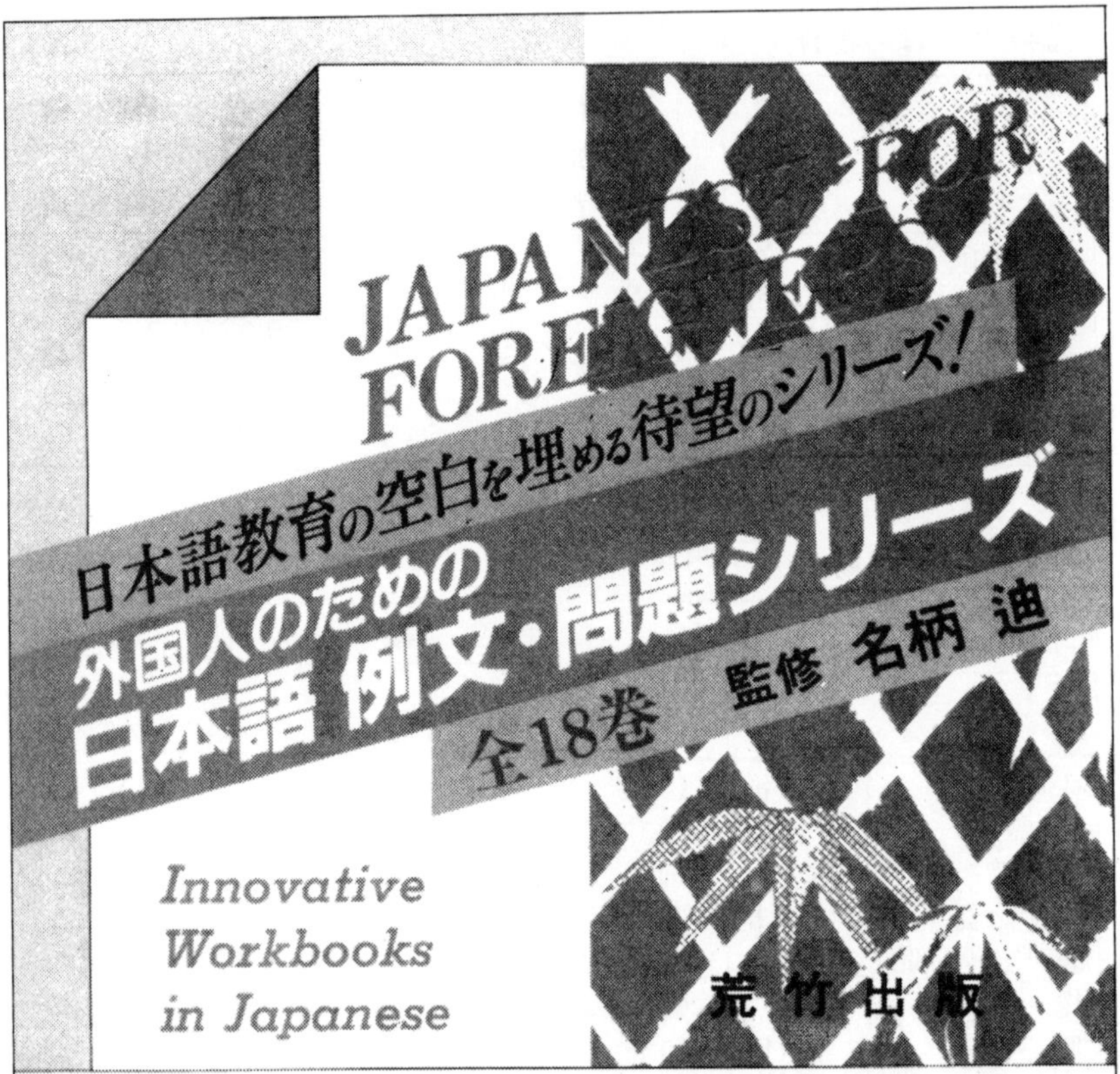

4　A　中村先生、それではここで失礼します。
　　B　ああ、じゃ、また。

5　A　午後は、何か用事がありますか。
　　B　別に。
　　A　じゃあ、三人で桜を見に行きませんか。
　　B　それは、いいですね。
　　C　わたしも、大賛成。

6　秋津大学の法学部を今年の春、卒業しまして、このたびこちらに入社しました青木照明と申します。えーと、高校生のころからできれば中南米に行きたいと思っていましたので、この会社の一員になることができまして、大変幸せです。大学時代は、柔道部で体をじゅうぶんにきたえましたから、仕事の方もがんばってやっていきたいと思います。上司や先輩の方々には、御指導のほどよろしくお願いいたします。

7　今度のレポートはですね、都市社会学という観点からですね、たとえば、電車の朝の通勤客で、男性と女性とで服装のバラエティーがどう違うかというようなことの小調査をして、もちろん、男性と女性の態度というか行動というかそういう点に注目してもいいのですが、それで、それでですね、それをそれなりに分析してレポートにまとめてください。しめ切りは、九月の末ということで、原稿用紙四百字で十枚までです。

8　This material has been developed for the student who wants to acquire a basic knowledge of the Japanese language in a short time. Although spoken Japanese is emphasized at the beginning, easy conversation for tourists is not the object, and the material also establishes firm foundations for reading and writing skills. (“Modern Japanese for University Students Part I” Japanese Department, International Christian University)

9　十一月二十三日（土）晴れ
きょうは、みんなで箱根へもみじを見に行きました。お父さんの車の運転で行きました。車の中では、お母さんが一番喜んでいたみたいです。車からおりてもみじを見ましたが、ぼくはそんなに楽しくなかった。けど、おみやげを買ってもらったり、食堂でハンバーグを食べたのはうれしかった。また、みんなでドライブがしたいです。

10　「私は真実のみを、血まなこで、追いかけました。私は、いま真実に追いつきました。私は追い越しました。そうして、私はまだ走っています。真実は、いま、私の背後を走っているようです。笑い話にもなりません。」

（太宰治「或るひとりの男の精進に就いて」）

練習問題〔一〕

一　次の各例で、談話の単位となっているものには○、そうでないものには×をつけなさい。

1　**あまいスイカあります**

2　えっ、そうですか。

3　A　おでかけですか。
　B　ええ、そこまで。

4　A　やあ、よくいらっしゃいました。
　B　ちょっと、歩けそうにないんだけど。

5　A　何を、めしあがりますか。
　B　今日（きょう）は、いい天気ですね。

6　いつもこうだ。あの人のやり方は、こうなんだ。おれは、それが許せないんだ。ああいおう、こういおう、と思ってる、わたしのことなど、これっぽっちもわかってないんだ。

7　**駐車（ちゅうしゃ）禁止**

8　ここでは、歌を歌わないで下さい。
　学生は大学構内にはいらないようにして下さい。

9　**本日、休業いたします**

10　A　夏休みどうする？
　B　何、夏休み？　そんなものとれないよ。

11　A　このかばん、たくさん入るし、肩にもかけられるし、いいじゃない？
　B　でも値段がなあ……。

12

ドライバー大募集

長・短期アルバイト

時給　800円～1,000円以上（要普免）

2t・4t　220,000円～300,000円以上

※経験者優遇・初心者歓迎（要普免・40才位迄）

若い女性（18～22才）のアルバイト大歓迎

委細面談、電話連絡の上履歴書持参下さい

所木市南町617
（上越所木インター近く流通センター内）
☎0429-44-3948

大山運輸㈲

13

特別割引券　日時：5月31日㈰

（本券一枚で三名様有効）

	1回目	2回目	3回目
開場	9：30	1：00	4：00
上映	10：00	1：30	4：30
終了	12：09	3：39	6：39

当日1,000円のところ
お一人
900円（3才以上均一）

会場：
港町市民会館 ☎0484 74-3030

二　次のそれぞれの発話を並べかえて、意味の通る談話の単位を構成しなさい。

1
①あの建物です。
②どれですか。
③あれは、何ですか。
④ああ、そうですか。
⑤ああ、あれは新しくできたホテルです。

2
①あの銀行の向こう側にあります。
②あっ、地下鉄の入口ですか。
③ちょっとすみません、この辺に地下鉄の駅があると思うんですが、どっちの方でしょうか。
④ええ。
⑤あそこに、銀行が見えますね。
⑥あれですね。

3
①何もございませんが、どうぞごゆっくり。
②〔お茶をすすめて〕どうぞ。
③どうぞ、おかまいなく。
④おそれいります。

4
①こちらが講師の小野田守君です。
②小野田と申します。

③森山です。
④よろしくお願いいたします。
⑤森山先生、ご紹介いたします。

5
①いえ、何もありませんが。
②ボウリングに行かないか。
③吉田君、今夜何か用事がある？
④はあ、ありがとうございます。
⑤ああ、いいですね。
⑥じゃ、これ、入場券。

三　次の談話は、どうして談話の単位として不適切か説明しなさい。

1　今度の研修旅行で、とてもいいと思うことは、よそのセクションの人と親しくつきあうことができることで、ただ研修の宿題が事前にスムーズにできるかと思うと、それが不安で、やはり研修旅行なんかない方がいいと思いますが、観光バスの中でみんなでおしゃべりするのが楽しみです。

2　今日は、遠足です。みんなで遠足に行きます。遠足だから、つとむ君も正平君もとおる君も、みちこちゃんもまきこちゃんも早く集まりました。だから、みんなで、学校の校庭に向かって、元気よく歩いて行きました。みんな元気に話をしています。つとむ君も正平君もとおる君もみちこちゃんもまきこちゃんもどんどん学校へ向かって歩いて行きました。

〔二〕　主題の設定

ある文にしても、ある談話の単位にしても、何について述べるかという「主題」の設定があって、それについて述べる叙述が続くというのが、いわば自然な順序である。日本語では、主題は典型的には「〜は」の形で示され、それに叙述が続く。

> ①列車が動きだした。自動小銃を肩にかけたフィンランドの②警備兵が、ホームの端からこちらを見ていた。③列車は彼らの前を、ゆっくりと通過して行った。④駅が見えなくなると、細い白樺の群生した丘にさしかかる。しかし⑤列車はスピードを上げず、低速のまま進みつづけた。その静かなレールの⑥音が、いかにも今、国境地帯を越えつつあるのだという緊迫感を覚えさせた。
>
> 次の⑦停車駅は、ソ連領の最初の町、ヴィボルグのはずだった。ヘルシンキ発、レニングラード行きの⑧国際急行列車は、のろのろと、だが確実にフィンランド領を離れて行く。
>
> （五木寛之「霧のカレリア」）

①の文で「列車」は、ある事象としてとらえられ、そのようすがそのまま叙述されている。しかし、①で提示された「列車」は③では主題となっている。これは、また「が」と「は」の問題としてよく論じられるものである。永野によれば、①は現象文、③は判断文である。
「が」で主格の示される現象文は、「題目を提示することなく事象を事象としてありのままに叙述するもの」で、「は」で主題の示される判断文は、「題目を提示したうえで、それについて解答・説

明を叙述するもの」である。

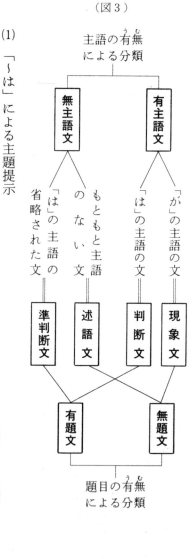

先の文章では、①の「列車」のほかに、②「警備兵」、④「駅」、⑥「音」の動き、ようすなどがそのままある事象として描かれている。また、①で叙述され、③で主題化した「列車」は、⑤、⑧へと連続していく。ここでは「列車」以外の主題は、⑦「(次の)停車駅」であるが、これは自分の乗った列車と関連するものである。

「が」「は」の問題は、こうして、既知、未知の問題、つまり旧情報と新情報の問題と重なりあうところが大きい。

現象文、判断文については、永野(一九八六)は(図3)のように整理している。ここでの筆者たちの見解と違うところは、「は」を主語ととらえているところである。

(図3)

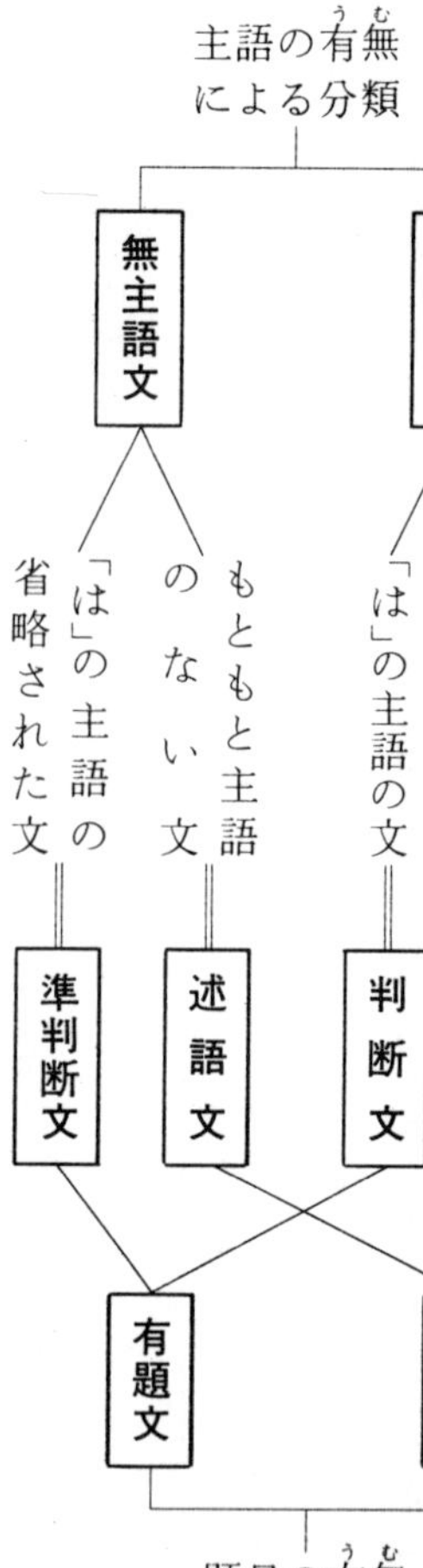

主語の有無による分類

有主語文
- 「が」の主語の文 ＝ **現象文**
- 「は」の主語の文 ＝ **判断文**

無主語文
- もともと主語のない文 ＝ **述語文**
- 「は」の主語の省略された文 ＝ **準判断文**

無題文：現象文、述語文
有題文：判断文、準判断文

題目の有無による分類

(1)　「〜は」による主題提示

主題は、「は」を伴って示されることが多い。「は」によって、一般的な事柄、話し手・聞き手の眼前にあるものやすでに了解ずみの事柄などが提示される。また限定語句を伴うことがある。この意味で「～は」はしばしば既知(きち)の情報として、主題となる。

1　太陽は東から昇(のぼ)る。
2　わたしの息子(むすこ)は、大学生です。
3　今日(きょう)は、雨が降っています。
4　のり子は、ピアノが上手(じょうず)だ。
5　このグラフは、実線が自動車、点線が人間を示しています。
6　だいぶ曇(くも)っていますが、まだ雨は降っていません。
7　そのテレビ番組は、私も見ました。
8　この動物園には、コアラがいます。
9　吉村さんとは、高校時代からの友だちです。
10　ここからは、新宿まで一時間はかかる。
11　ここから新宿までは、一時間はかかる。

練習問題〔二〕の(1)

傍線(ぼうせん)部分を主題化して書きなさい。

1　おふろがわいている。
（　　　　　　　　）

2　ビールをひやしてある。
（　　　　　　　　）

3　この動物園にパンダがいる。（　　）

4　夏子はとてもピアノが上手だ。（　　）

5　町田さんにプレゼントをあげなかった。（　　）

6　町田さんにプレゼントをあげなかった。（　　）

7　あした大学で展覧会がある。（　　）

(2)　「～は」以外の主題提示

主題は、「は」以外の語(句)を伴って示されることがある。代表的なものをいくつかあげておく。

(イ)　「～も」

同種のものがあることを示す。また、似たものがあることを暗示しながら、提示する。ばくぜんと(つまり、対比をはっきりさせないで)、主題を提示することもある。

1　これは、アメリカで買った辞書です。これも、そうです。

2　安子は、その新聞記事を見ていなかった。明も見ていなかった。

3　この辞書もずいぶん長い間、使ったなー。

4　桜が満開だってー。ぼくも見に行きたいなー。
5　午後になって、雪もやんだ。
6　入学試験も無事にすんで、四月となった。

(ロ)「〜こそ」
主題を取りたてて、強調する。
7　田代先生こそ、本当の学者だ。
8　あしたこそ、出発しよう。

(ハ)「〜でも」
例示的に主題を示す。
9　コーヒーでも飲みませんか。
10　来週にでも、東京へ行ってこよう。

(ニ)「〜だって」（話しことば的）
特例的なものを主題に提示し、ふつうと変わらないことを表す。
11　君だって、きっとできるようになるさ。
12　大学の先生だって、わからないと思うよ。

(ホ)「なんか」（話しことば的）
主題に対して、否定的な叙述をする。
13　ぼくなんか、やっぱり大学進学は無理だ。

14　授業なんか、早く終わればいいのに。

(ヘ)　「〜とは」「〜というのは」

説明・定義されるべき主題を示す。

15　人の一生とは、一筋の細い道である。

16　ことばとは、人間にとって何であろうか。

17　「起死回生」というのは、ほとんど望みのなくなった状態から元どおりの状態にまでもどることです。

(ト)　「〜って」（話しことば的）

説明・定義されるべき主題を示す。

18　あの人って、ほんとに無口なんです。

19　愛って、何なの？

20　すみません、ローバシン（老婆心）ってどういう意味ですか。

(チ)　「〜と言えば」

主題で設定したことの、特徴的な事柄を叙述部で述べる。

21　ブラジルと言えば、コーヒーが有名である。

(リ)　「〜ときたら」（話しことば的）

主題で設定したことの、特徴的な事柄を叙述部で述べる。主題は心理的に身近なものである。

22　岩田さんときたら、大酒飲みで困ったものだ。
23　日本酒ときたら、地酒を飲むに限る。

(ヌ)「〜と言えども」（文章語的）
例外的でない事柄を主題に設定する。
24　子どもと言えども、人間の権利はある。
25　野の小さな花と言えども、ひとつの生き物である。

(ル)「〜てば／〜ってば」（話しことば的）
批判・非難の調子をこめて主題を示す。
26　村田さんてば、きょうも休んだのよ。
27　あの人ってば、また遅れてきたわ。

(ヲ)「〜たら／〜ったら」（話しことば的）
予想外だという調子をこめて主題を示す。
28　杉村さんたら、思ったよりずっとやさしい人よ。
29　このボールペンったら、買ったばかりなのに、ちっとも書けないわ。

(ワ)「〜なら」
仮定された形で主題を示す。
30　A　すみません、ここに岡田さん来ませんでしたか。
　　B　ああ、岡田さんなら、さっきまでいましたよ。

31　A　大石先生がお書きになった『敬語』の本を読みたいんですが――。
　　B　ああ、その本なら、わたしの家にありますよ。

練習問題〔二〕の(2)

次の文の主題部分に傍線（ぼうせん）をひきなさい。

1　わたしもビールが飲みたい。
2　わたしはビールも飲みたい。
3　お天気もだいぶよくなってきた。
4　映画でも見に行きましょう。
5　社会のしくみとは、複雑なものだ。
6　あの人こそ、真の勝利者だ。
7　オーストラリアといえば、カンガルーを思い浮（う）かべる。
8　伊藤さんなら、もう帰りましたよ。

(3)　主題のない文

日本語には、もともと主題（あるいは主語）を欠いた文がある。28ページの（図3）でいえば、「述語文」がそれにあたる。

1　ある日のことです。
2　明るい月夜の晩でした。

3　A　何時ですか？
　　B　もう、五時ですよ。

4　夜になった。

5　四月になって、大学が始まった。

第三章　卓立性の問題

ある談話中のある特定の部分を際立たせて提示するのが、卓立性の問題である。ここでは、「は」（と「が」）、「あげる」（「やる」）「もらう」「くれる」、「いく」と「くる」の問題を扱う。

〔一〕「は」と「が」について

「は」と「が」の使い方は、これまであらゆる外国人学習者にとって難しい問題とされ、さまざまな解説が出されてきた。ここでは、特に談話上注意したい諸点を取り上げる。

注　「は」と「が」の文法上の問題点については、本シリーズ7『助詞』の巻を参照のこと。

> むかしむかし、あるところに、若い夫婦がいました。夫の太郎は怠け者でしたが、妻の花子は勤勉でした。
> 太郎は、毎日、昼頃まで寝ていて、やっと起きたかと思うと、酒ばかり飲んで、一日中ぐうたらしていました。花子は、朝早くから仕事に出かけ、まじめに働いていました。
> ある日のことです。花子が帰ってくると、家にはだれもいません。太郎が行きそうなところをあちこちさがしても、どこに行ったかわかりません。しばらくすると、太郎が戻ってきました。いつもよりずっと酔っています。家に着くなり、倒れこんで、眠ってしまいました。何時

間たっても、そのままで、意識を取り戻しません。花子が太郎の頬をつねったり、頭を叩いたりしても、気がつきません。途方にくれた花子は、太郎の横にへたへたとすわりこんでしまいました。

(1)　旧情報の「は」、新情報の「が」

談話の中で、既知の命題の要素には「は」がつく。これに対して、新出の命題の要素には「が」がつく。

1　A　部屋を片付けたりして、だれか来るんですか。
　　B　ええ、友達が来るんです。
　　A　誰が来るんですか。
　　B　田中さんが来るんです。田中さんは、大学の友達です。

2　A　昨日、新宿駅で、ばったり山田さんに会いましたよ。
　　B　そうですか。山田さんは、このところあまり体調がよくないとききましたが、元気そうでしたか。

3　A　あの建物は何ですか。
　　B　あれは新しい図書館です。
　　A　立派な建物ですね。

4　A　どの方が山本先生ですか。
　　B　窓際の席の、めがねをかけていらっしゃる方が、山本先生です。先生は、中国文学の研究家です。

5 北京から重慶に向かっていた中国機が昨日の午後墜落した。同機は、午後一時過ぎに北京空港を離陸する予定だったが、機体修理のため、三時間以上遅れて飛び立った。

6 自民党の発表によると、竹下氏が新総裁に指名された。

7 アメリカ訪問中の竹下首相は、ホワイトハウスでレーガン大統領と会談した。

8 私は、大学でスペイン語を教えている。スペイン語を受講する学生は、ここ五年あまりの間に急増し、今年は新入生の約三分の一の二百人に達した。

9 大学は、今年の成績優秀者を発表した。内訳は、一年生が三人、二年生が二人、三年生が一人、四年生が五人の計十一人だ。

10 長島、金田氏ら四人の野球殿堂入りが決まった。これで殿堂入りは八十九人となった。七月下旬、ドーム球場で表彰式が行なわれる。

11 浦島太郎が浜辺を通りかかると、子どもたちがかめをいじめていた。

12 停電で山手線が全線不通となっている。

練習問題〔一〕の(1)

一 次の文の中で「は」が使えないものに×印をつけなさい。

1 A むこうの部屋の鍵をかけてもかまいませんか。
　B おや、さっき木村さんはかけたはずですが。

2 A 次の会合はいつですか。

B　来月の下旬になると思います。

3　東京には地方から出て来た人はたくさんいる。

4　雪は降ると、地面は滑りやすくなります。

5　A　結婚式の引出物は何がいいでしょうか。

B　そうですねえ、なるべく小さくて、かさばらないものはいいですね。

6　連絡先はわからなくて、困っています。

7　今入ってきた情報によると、インド洋沖で南アフリカ機は墜落した。同機はヨハネスブルクに向かって飛行していた。

8　緊急の際は、乗務員の指示に従って下さい。

9　牛肉や豚肉は成人病の原因になるといって、全く口にしない人はいる。

10　今回の裁判で、原告側の主張は通るかどうかわからない。

11　昨日頼んだ写真の現像は、いつできますか。

12　歯の治療は早目に行なった方はいい。遅くなればなるほど痛むものだ。

13　A　田中さん、宝くじに当たって手に入れた百万円を全部施設に寄付したそうだよ。

B　へーえ。あのケチはねえ。珍しいことはあるものだ。

二　（　）の中に「は」「が」のうち正しいものを入れなさい。

1　先週、四谷駅でばったり遠藤先生にお目にかかった。先生（　）ちょうど大学からお宅にお帰りになるところで、途中御茶の水駅で下車し、本屋にお供することになった。駅の界わいに（　）本屋（　）たくさんあるが、先生（　）いらっしゃるの（　）駅の前の坂をずっとくだっていったところにある。雑談しながら歩いていると、向こうから同級生だった松山君（　）来た。重なるぐうぜんにびっくりした。せっかく三人（　）そろったので、本屋に寄ってから飲みに行くことにした。先生はあい変わらずお酒（　）お好きで、私たち（　）夜中まで、時間（　）たつのも忘れて飲みに飲んだ。

2　病気になってはじめて、健康のありがたさ（　）わかる。

3　昨日、谷川岳で城南大学の学生七人（　）遭難した。学生（　）一週間前に東京を出発し、三日前から行方不明になっていた。

4　最近の子どもたち（　）テレビやラジオなどのマスコミから、大きな影響を受けている。この間新聞で読んだのだが、小学校一年の男子（　）同級生をビルの屋上からつき落して殺してしまった。この事件（　）あるテレビ番組をまねておこったもので、今後も同様の事件（　）発生しないように注意しなければならない。

5　若い時（　）外国の小説を原書でどんどん読んだものだ。

(2)　対照の「は」

二つの要素を対比させる場合、対になっている部分に「は」をつける。

1　先生は教壇に立っていて、生徒は自分の席についている。

2　田中さんは二回結婚した。最初の奥さんは日本人だったが、二番目はアメリカ人だった。

3　日本語の勉強で、漢字を覚えるのは難しいが、発音をマスターするのは比較的やさしい。

4　若い時は元気で、一日二日徹夜しても何でもなかったのに、最近は疲れやすい。

5　新聞社が全国の二十代の男女を対象に行なった調査によると、男性は結婚願望が根強いが、女性はそれほどでもない。

6　大学は、バスの停留所からは近いですが、電車の駅からはかなり歩きます。

7　A　田中さんは、紅茶ですか、コーヒーですか。
B　コーヒーをお願いします。コーヒーは大好きですが、紅茶はあまり……。
A　わかりました。ミルクと砂糖はどうしますか。
B　ミルクはいりません。砂糖はお願いします。

8　A　最近スミスさんのうわさを聞きましたか。
B　いいえ。三カ月前までは、本郷のアパートを借りて、東大で研究していましたが、今はどうしているのか、全くわかりません。

9　このラジオは、ニュースをきくのには十分だが、音楽を鑑賞するのには音が悪い。

練習問題〔一〕の(2)

一　例にならって（　　）の中の文を完成しなさい。

例　A　ひらがなを覚えましたか。
B　はい、ひらがなはもう覚えましたが、カタカナはまだです。

1　A　お父さんに、もう手紙を書きましたか。
B　はい、父にはもう書きましたが、（　　　　）

2　A　お刺身が好きですか。

B　はい、お刺身は好きですが、（　　　）

3　A　家の掃除をしましたか。

B　今、しているところです。二階はすっかりきれいになりましたが、（　　　）

4　A　冬休みに日本にいらしたとうかがいましたが……。

B　ええ。東京と京都に行きました。

A　気候はいかがでしたか。

B　東京は暖かかったですが、（　　　）

5　A　今晩お宅にお電話してもかまいませんか。

B　八時頃までは会社にいるので、家にいませんが、帰宅するのに約一時間かかりますから（　　　）

二　（　）の中に、「は」か「が」を入れなさい。

ありのおんがえし

ある夏の日ざかりでした。

一匹のあり（　）、風に吹きとばされて、池に落ちました。もう少しで、おぼれそうになりました。

木の上のはと（　）、そのようすをじっと見ていました。

「かわいそうだ。助けてやろう。」

はと（　）、一枚の葉をくわえて、池に落としてやりました。

あり（　　）、葉っぱの上にはいあがりました。葉っぱ（　　）、岸に着き、あり（　　）、助かりました。

「はとさんのおかげで、命拾いをした。」

あり（　　）、はとの親切を忘れませんでした。

それからまもなく、りょうし（　　）やってきて、木の上のはとに、鉄砲を向けました。

はと（　　）、気がつきません。

あり（　　）、りょうしの足にはいあがって、ちくりとかみつきました。

「あいた、たっ。」ずどん――。

たま（　　）それて、はと（　　）空へ飛び立ちました。こうして、あり（　　）はとにおんがえしをすることができました。

（「ありのおんがえし」『イソップのお話』）

〔二〕「あげる」（「やる」）「もらう」「くれる」

日本語には、授受動詞と呼ばれる一連の動詞がある。物の移動（やりとり）をあらわすもので、どの動詞が用いられるかは、授受行為にかかわる人間の関係と話し手の視点によって決まる。視点とは、ある事柄を述べるにあたって話し手のとる立場のことである。

今年のバレンタインデーには、クラスの男の子全員にハートの形のチョコレートをあげます。最近、日本では、一カ月後に男性が女性にお返しのチョコレートを贈ることもあります。三月に、何人がくれるか楽しみです。もらったチョコレートが一人で食べきれなかったら、妹にも少しやることにします。

(1)「あげる」（「やる」）
XがYにZを「あげる」（「やる」）という文型で用いられる。与える側がX、受け取る側がYで、授受行為を与える側の立場（それが話し手の場合もある）でとらえていう動詞である。

「田中さんは私に本をあげました。」は成立しにくい。

受け取る側が目下の人や、人間以外のものの場合、「あげる」のかわりに「やる」を用いる。

(2)「もらう」
XがYにZを「もらう」という文型で用いられる。受け取る側がX、与える側がYになり、授受行為を受け取る側（それが話し手の場合もある）の立場でとらえていう動詞である。

「山田さんは私に本をもらいました。」は不自然である。

(3)「くれる」
XがYにZを「くれる」という文型で用いられる。受け取る側が自分自身や自分と近い関係の人の場合に使われる。
×「私は山田さんに本をくれました。」

ここで取り上げた授受動詞には、本動詞としての用法のほかに、補助動詞としての用法もある。どちらもやりとりをあらわす点は同じだが、本動詞の場合は物が対象であるのに対して、補助動詞の場合は行為が対象になる。行為の部分が動詞のテ形で示され、「動詞テ形＋授受動詞」の文型で用いられる。

注　「動詞テ形＋授受動詞」に関しては、本シリーズに4『複合動詞』、8『助動詞』の巻が別にあるので、くわしくはそちらを参照のこと。

(1)　A　きれいな色のセーターですね。どこで買ったんですか。
　　B　いえ、これはもらったんです。
　　A　ああ、そうですか。だれにですか。
　　B　去年のクリスマスに、母がくれたんです。

(2)　A　この切符、明日のコンサートのだけど、行けなくなったんだ。君にあげるよ。
　　B　残念だなあ。ぼくも都合が悪いんだ。妹にやってもいいかなあ。妹は、クラシック音楽が好きだから。
　　A　ぜひ、そうしてよ。君がもらったものだと言って、妹さんにあげてよ。

(3)　田中さんは大変親切です。私が日本に来た時、枕や毛布といった寝具、台所用品などをたくさんくれました。弟にも、日本語の辞書や文房具をくれました。お礼に、インドネシアの民芸品をあげたら、「こんなきれいなものをもらったのははじめてだ。」と喜んでいました。

(4)　A　このお菓子、山本さんにもらったのよ。
　　B　あら、これは私が山本さんにあげたのよ。山本さん、お菓子が嫌いなのかしら。

(5)　A　ポチにもうえさをやった？

　　B　いや、昨日もやらなかったから、ポチ、お腹をすかしているよ。どうりで朝からキャンキャン鳴いてばかりいるよ。

(6)　A　このチョコレート、あなたにあげますよ。

　　B　まあ、一箱全部もらってもいいんですか。

　　A　かまいませんよ。私もスミスさんにもらったんですが、全部で三箱もあったんです。一箱は弟にやって、一箱は私が食べましたから。

(7)　A　この花びん、ぼくにくれるんだって。

　　B　ああ、そうだよ。あげるよ。

　　A　でも、あんなに大事にしてたのに。

　　B　気にしなくていいよ。もらってよ。

練習問題〔二〕

一　正しい方を○で囲みなさい。

1　私は母にこのマフラーを（もらい・くれ）ました。

2　毎日水を（やった・あげた）のに、ゼラニウムの鉢を枯らしてしまいました。

3　田中さんはケチだから、人に物を（あげたり・もらったり）しませんよ。

4　壁の絵は、アメリカ人の留学生スミスさんが、私たちの家に滞在していた時、妹に（あげた・くれた）ものです。妹はお返しに自分で編んだ手袋とマフラーを（やり・あげ）ました。

5　A　煙草を一本（もらい・くれ）ませんか。
　B　はい、どうぞ。一本と言わず、好きなだけとってください。

二（　）の中に「やる」「あげる」「もらう」「くれる」の中から適切な動詞を、正しい形にして入れなさい。

1　A　きれいなセーターですね。自分で編んだんですか。
　B　いいえ、とんでもない。田中さんに（　　）ものです。田中さんは、編み物が上手で、何かを編んでは、友達に（　　）ようですよ。
　A　へーえ。私も編んで（　　）たいなあ。

2　上野動物園のパンダ、トントンは、笹が大好物で、いくら（　　）てもまだ欲しがる。

3　年々、お年玉の額があがっているそうだが、まだ幼くて金銭の価値がわからない子どもに、たくさん（　　）過ぎるのは問題だ。

4　昨年のクリスマスに、私は花子さんに何も（　　）のに、花子さんはきれいな手帳を（　　）ました。

5　A　この間お願いした毛布のことなんですが……。
　B　ああ、「古いのがあったら、（　　）ませんか」って言ってましたね。
　A　ええ。実は友達に（　　）ましたので、もう結構です。
　B　それはよかったですね。

三　次の文を「もらう」を使って書き直しなさい。

1　この和英辞典は、山本さんが私にくれました。
（　　　）

2　留学生のキムさんは、帰国する時に家財道具を後輩（こうはい）のパクさんにあげました。
（　　　）

3　A　この英文の手紙、一郎君が自分で書いたの？
　B　いいえ、スミスさんが書いてあげたんですよ。もっとも、タイプは一郎君が自分で打ったらしいですよ。
（　　　）

4　私が犬にえさをやりました。
（　　　）

5　山本さんは昨日（きのう）お父さんにもらった本を田中さんにあげました。
（　　　）

6　母は兄に学費として十万円やった。
（　　　）

〔三〕「いく」と「くる」

「いく」「くる」は、ともに移動をあらわす動詞である。ここでは話し手の視点を中心にして、移動動詞の使い方を検討する。

夫は先週の月曜日から、出張でアメリカに行っています。二週間の予定で、はじめの週はワシントン、ニューヨークで向こうの支社の人々と打ち合わせがあるのだそうです。次の週には、テネシー州に行き、来年建設の始まる工場用地を視察します。あわせて、この工場で働くことになるアメリカ人社員にも会うようです。現地採用の社員は、テネシー州だけでなく、近隣(きんりん)の州からも来るとのことで、工場建設をきっかけに、地元の産業発展を期待する声が高まっています。帰路はテネシーから西海岸に行き、そこで飛行機を乗り継(つ)いで、東京に帰って来ます。夫が帰国するとすぐ、今度は入れかわりに私が取材の仕事でタイへ行きます。こちらは三週間の日程です。最近は、私たちのように、仕事で世界中を行ったり来たりするカップルが増えています。

「いく」と「くる」は、人や物などが、地点XからYへ動くことをあらわす。「いく」と「くる」のどちらを使うかは、話し手の立場・視点・領域と密接にかかわっている。話し手を起点として、話し手の領域の外に移動する時は「いく」を用いる。これに対して、話し手の領域の外から、領域の中に移動する場合は「くる」を使う。

この場合、領域が話し手の意識の中にある場所を基点に設定される場合もある。

注　1「領域」については本シリーズ4「複合動詞」の巻に詳(くわ)しい説明がある。

2「いく」「くる」の補助動詞としての用法上の問題については、本シリーズ4『複合動詞』、8『助動詞』の巻を参照のこと。

1　これを持って行って下さい。あれを持って来て下さい。

2　〔電話で〕

A　もしもし田中さんですか。

B　はい、そうです。

A　山田ですが、今一階のコーヒーショップにいるんですが、こっちへ来ませんか。

B　はい、すぐ行きます。

3　これから郵便局へ行きますが、二十分もしたら戻って来ます。

4　「海外転勤が決まったよ。ついて来てくれるね」と夫。「子供たちの教育はどうするの。向こうに日本人学校はあるの。帰って来てからの受験は大丈夫かしら」とたたみかける妻。

5　カルガリー冬季五輪の日本選手団の中で、フィギュア勢は、閉会式が終わったらすぐエドモントンへ行く。

6　A　「来週の講演会にあなたも来る？」

B　「はい、そのつもりです。」

追加説明　1

Makino *et al.*（一九八六） は、視点についておおよそ次のように説明している。

(イ)　単文においては、視点は一貫していなくてはならない。

(ロ)　「N_1＋の＋N_2」では話し手はどちらかというと、N_2よりN_1の視点に立っている。

(ハ)　感情移入した人物の方に、話し手の視点は向く。

(ニ)　話し手が関与した事柄等を述べるとき、他人の視点よりも話し手の視点に立つ方がふつうである。

(ホ) 話し手にとっては、ある文中の主語に立つ人物の視点をとる方がその他の文中成分の人物の視点をとるよりやさしい。

(ヘ) 話し手にとっては、談話の主題として確立されている人物の視点をとる方が談話にあらたに導入された人物の視点をとるよりやさしい。

練習問題〔三〕

一　次の会話で、話し手A・Bはそれぞれどこにいるか。

1

A　明日(あす)の日曜はどうするの。
B　ぼくは一日中、うちにいるよ。
A　クラスのみんなと野球を見に行くんだけど、いっしょに行かない。
B　うーん、明日(あす)はちょっと……。
A　そうか。でももし都合(つごう)がついたら、校門で朝十時の待ち合わせだから。
B　わかった。来られたら来るよ。ところで、今日これからどうするの。
A　僕(ぼく)はうちに帰るよ。君は。
B　僕(ぼく)は教員室に寄って、レポートを提出してから図書館に行くんだ。
A　（　　　　　　）
B　（　　　　　　）

2

A　はい、山本です。

B　もしもし、山本君、田中だ。
A　あっ、部長、おはようございます。
B　おはよう。そっちの進み具合はどうかね。
A　はい、ここのホテルの人たちの協力で、すっかり明日の準備ができました。
B　よかった、よかった。
A　これから会社に戻ろうと思いますが。
B　いや、こちらには来ないで、本社の方に行ってくれないか。私もこれから行くから。本社で三時から、明日のパーティーの打ち合わせをするから。
A　わかりました。
A　（　　　　）
B　（　　　　）

二　（　　）の中に「いく」または「くる」を適切な形にして入れなさい。

1　田中君はあまり成績がよくなかったが、三年生になってやる気を出したようで、ぐんぐん伸びて（　　　）。
2　ほろびて（　　　）動物を何とか救いたいものだ。
3　薬を飲むのを忘れたら、痛みが激しくなって（　　　）。
4　夏になると生物がいたみやすくなって（　　　）から、注意しなければならない。
5　このペンキの色は、塗りたての時はけばけばしいが、乾けば落ち着いて（　　　）だろう。

6　日本の保険制度についてはまだよく知らないので、これから勉強して（　　）つもりだ。

7　このまま雨が降らないで（　　）ら、今年の夏は大変な水不足になる。

8　突然、雷をともなって雨が降って（　　）。

9　そうめんは、たっぷりの湯でゆでて、沸騰して（　　）ら、すぐ火を止める。

10　二、三泊してゆっくり遊んで（　　）下さい。

第四章　結束性の問題

文と文が続いていること、そこに情報に関する連続性があることを示す仕組には、いくつかのものがある。結束性を示す手段としては、「指示」、「置換」（ゼロ置換が「省略」である）、「語（句）の繰り返し」「接続語句」などがあげられる。

ここでは、「こそあ」、「省略」、「語（句）の繰り返し」、「接続の表現」の問題を取り扱うが、「接続の表現」は本シリーズに別に一冊あるので、簡単にふれる。

〔一〕「こそあ」について

日本語における指示には、「こそあ」が用いられることが多い。「こそあ」は疑問詞の「ど」とともにひとつの体系を作っている。

最近は、日本でも煙草の害が強調されるようになってきた。地下鉄の駅で「終日禁煙」のところも増えている。そんな中で、先月東京に「三カ月で必ずやめられる」という禁煙の会が発足した。この会を設立したのは、自分も禁煙で苦労した会社員三人で、わずか一カ月の間に三百人もの人が入会したという。入会者の一人、山本太郎さんは「これまでに何回もやめようと思ったがだめでした。吸いたいと思ったら、かわりにあめをしゃぶったり、家中の灰皿を片付けたりしてみましたが、ああいうやり方は失敗します。自然な形で禁煙するのが一番です。」

と言っていた。

(1)　こそあ（ど）語

「こ・そ・あ（・ど）」を語頭に持つ指示詞、疑問詞をまとめて「こそあ（ど）語」と呼ぶ。

この	その	あの	どの
これ	それ	あれ	どれ
ここ	そこ	あそこ	どこ
こう	そう	ああ	どう
こんな	そんな	あんな	どんな

この中で「ど」のつく疑問詞は、他の三つとは、性質が異なるので除き、残る「こ・そ・あ」についてみていく。

「こ・そ・あ」には、二つの用法がある。一つは、現場にある事物、直接目で見ることのできるものを指示する場合である（眼前指示）。もう一つは、文や談話の中で対象を指す場合である（文脈指示）。まず、眼前指示の「こ・そ・あ」をみよう。話し手と聞き手が向かい合っている談話状況は、「こ・そ」の対立で規定される。話し手――「こ」対聞き手――「そ」という関係である。

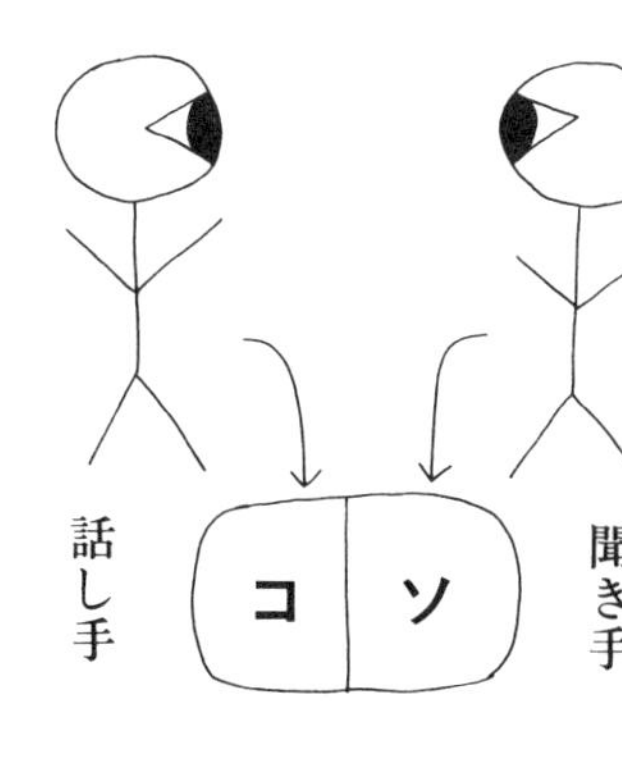

図A

ア
コ

図B

話し手と聞き手の二人が図Aのように向き合っている状態から、図Bのように並んで、同じ方向を向くと（話し手＋聞き手＝私たち）、この二人対二人の外という対立が生じる。これが「こ（二人）・あ（二人以外）」の関係である。

次に、文脈指示の「こ・そ・あ」の体系はどうなっているだろうか。文脈指示で問題になるのは、眼前ではなく意識の中にある対象である。

「あ」は話し手（書き手）・聞き手（読み手）が指示対象をよく知っている場合に使われる。

「そ」は話し手（書き手）は知っているが、聞き手はあまり、あるいは全く知らない場合に用いられる。聞き手（読み手）は文脈から指示対象を理解することができる。

「こ」は聞き手が対象を知らなくても使われるが、話し手が知らないと用いられない。この場合、指示対象を持ち出した人しか、「こ」は使えない。あるいはこれから言おうとする事物を指示する場合でもよい。

「そ」には、中立の「そ」と呼ばれる用法もある。一般的な基準を話し手が意識していて、それに照らして何かを言う場合に使われる。また、話し手自身の立場を強く出さずに、中立的・客観的な叙述を行なう時は「そ」を用いる。

これに対して話し手が自分の感情を移入する場合には「こ」が使われる。次の二文で、ちがいをみよう。

> 近年、外国人の日本語学習が盛んになり、日本に来る留学生の数も年々増加しているが、受け入れ体制は必ずしも万全ではない。
>
> (1) その問題を検討する省庁としては、文部省、外務省などがある。
>
> (2) この問題について、我々大学関係者はもっと真面目に考えなければいけない。

1

A これは、だれが忘れたかさですか。

B それですか、田中さんが置いていったのです。昨日は、午後になって雨がやんだから、持って帰るのをつい忘れたんでしょう。

2

A むこうに珍しい形の建物がみえますね。あれは、何ですか。

B あの丸い屋根の建物ですか。

A ええ。

B あれはイスラム教の寺院です。

3

A ちょっとおたずねしますが、赤い帽子をかぶった女の子が通りませんでしたか。

B ああ、その子なら、さっき通りましたよ。

A どちらへ行きましたか。

4
B　あっちです。
この広い通りをまっすぐいって、最初の信号を左にまがり、百メートルほど行くと、小さなスーパーマーケットがあります。そのスーパーの二階が私のうちです。

5
A　スミスさんを御存知ですか。
B　お名前はうかがったことがありますが、お目にかかったことはありません。
A　そうですか。いやあ、この人がアメリカ人かと思うほど、日本語が上手です。

6
A　住むところはみつかりましたか。
B　いえ、それがまだなんです。
A　困りましたね。私のアパートは、二日でみつかりましたが。
B　そのアパート、新聞か何かの広告でみつけたんですか。
A　いいえ、不動産屋の仲介です。よかったら、その不動産屋の名刺をあげましょう。
（名刺を出す）これですよ。
B　どうもありがとう。

7
会社によっては、朝八時ごろ出勤して、夜十一時、十二時まで仕事があるそうだ。それに比べれば、私のつとめているところなど、大したことはない。

8
A　（時計をみて）あら、もうこんな時間。四時間もお邪魔してしまって……。そんなに長く感じませんでしたけれど。
B　まあ、いいじゃないですか。ゆっくりしていって下さいよ。

9
国立国語研究所が数年前に、東京で言語の調査を実施しているので、その調査の結果と、今回の私の調査結果とを比べてみよう、と考えている。

10　今日はそんなに寒くない。

練習問題〔一〕

一（　）の中に「この」「その」「あの」のうち、適当なものを入れなさい。

1　A　来週の日曜日、ピクニックに行きませんか。
　B　いい考えですね。どこで待ち合わせましょうか。
　A　そうですね。渋谷駅の改札を出ると左にコーヒースタンドがありますから、（　　）前で九時半にどうですか。
　B　ええ。では日曜に。

2　A　どこかで食事でもしましょうか。
　B　ええ、おなかもすきましたし……。
　A　（　　）辺に、おいしいとんかつ屋があるんですよ、そこに行きましょう。
　B　何ていう店ですか。
　A　三金っていうんです。
　B　ああ、三金なら私も知っています。（　　）店のとんかつはなかなかですよね。

3　A　山本先生が今度雑誌に発表なさった論文、もう読みました？
　B　ええ、昨晩一気に読み上げました。
　A　（　　）結論どう思いました？
　B　そうですね。今図書館から借りて来た（　　）本の結論とは、大分違いますね。

4
A　そう、でも今度の結論の方が（　　）先生らしいかもしれない。
A　英会話の先生をさがしているんですが、だれかいい人はいませんか。
B　私の友人のアメリカ人で、前にも二、三人教えていた人がいますが。

5
A　（　　）人、いくつぐらいですか。
A　（　　）本は難しいですか。
B　はい、みたこともない単語ばかりで、さっぱりわかりません。
A　じゃあ（　　）本を読んでみたら。

6
A　きれいな色のセーターですね。よく似合っていますよ。
B　ありがとう、色がきれいだし、それにとてもあたたかいので、（　　）セーターにしたんです。

7
A　（　　）前、上野駅でばったりだれかに会ったって言ってましたが、あれはだれでしたっけ。
B　（　　）時会った人ねえ……。思い出せません。

8
A　（　　）荷物、お持ちしましょうか。
B　これですか。軽いですから大丈夫（だいじょうぶ）です。

二　正しいものを○で囲みなさい。

1　目薬、一週間分です。（これ・それ・あれ）を一日に四回、忘れずにさして下さい。
2　A　コピーをしたいんですが、その機械はあいていますか。
B　（これ・それ・あれ）は今、故障しています。図書館の二階にあるコピー機を知っていますか。

A　ええ。

B　(これ・それ・あれ)なら使えるはずです。

3　A　明日から三泊四日の予定でスキーにいきます。

B　(これ・それ・あれ)はいいですね。うらやましいなあ。

4　A　レポートの締切りは、あしたですよね。もう、できましたか。

B　(これ・それ・あれ)がまだ全然まとまっていないんです。

5　A　どうも風邪をひいたみたいです。

B　(これ・それ・あれ)なら、この薬を飲んでみるといいですよ。

6　A　飯田さん、英語の試験、九十点とったそうだよ。

B　(こんなに・そんなに・あんなに)勉強していたんだから、きっといい点数とると思ったわ。

〔二〕省略

日本語は、文脈依存性、場面依存性の強い言語だとよく言われる。談話の流れの中で、文脈や場面から理解できる文の成分は、省略したまま表現される。この省略の問題は、なかなか複雑であるが、いくつかの問題点をみてみたい。

①六月にはいったばかりの、よく晴れた日曜日の午後だった。②私たちは、窓際のテーブルに陣どって葡萄酒を飲んでいた。③何というのか知らないが、びんの王冠の部分を金色の紙で巻いた、なかなかうまい葡萄酒だった。④広々と開け放った窓から、気持のいい初夏の風が吹

> いていた。
> ⑤私は昨夜モスクワに着いたばかりだった。⑥TU一一四で一気にシベリアを越えた疲れのせいか、今朝はすっかり寝すごしてしまったのだ。⑦おかげで国営旅行社の遊覧バスにも間にあわず、といって、一人で街に出るのもおっくうだった。⑧そこでフロントに頼んで、朝見に電話をかけ、このホテルまで呼び出したのである。⑨彼は私の古い友人だった。⑩二年ほど前から、ある一流商社の駐在員としてモスクワに来ていた。
>
> （五木寛之「赤い広場の女」）

①は、省略と違って、初めから主語の欠けている文である。

③の前件は、補っていえば「私はその葡萄酒（の名前）は何というのか知らないが」である。「私は」は、②に「私たちは」とあるので、一般的には、この物語の語り手が「私」であると容易に推量され、それが省かれている。

ここで、②の主題「わたしたちは」が、次の文③に引き継がれて、「わたしたちは」が省かれていると論理的に考えることもできる。こうしたあいまい性は省略文に生じやすいものであるが、文脈、場面にのっとりながら理解することで誤読を避けるようにするしかない。

「その葡萄酒（の名前）は」、②で話題として焦点になっている「葡萄酒（を）」が主題になりあがり、省かれている。ここで「私はその葡萄酒が何というのか」というように「は」ではなく「葡萄酒が」と「が」を用いてもよい。その場合、②の「葡萄酒（を）」が「その」を伴って③で繰り返し用いられる、つまり同一語句が反復されるのを省略したということになる。

③の後件では、「その葡萄酒／それ（私たちが飲んでいた葡萄酒）は」が省かれている。②で焦点のあてられた「葡萄酒（を）」は、③の前件でも省略され、半ば主題化していたが、③の後件では、完

全に主題になりあがり、省略されているのである。

なお、③の末尾「うまい葡萄酒だった。」は、主体の判断をいう表現となっているので、ここに「私には」が含意されている。そこで③の前件も「私は…」と理解するのが、まず妥当だということになる。

また、①の「午後」、③の「葡萄酒」には、かなり長い連体修飾語句が伴われていることに注意が必要である。

主題がなくても、①では、「六月」「晴れた」「日曜日」といった、時や天候に関する語句が類縁性や限定性のニュアンスで「午後」に結びついていき、理解が達成される。

③の後件でも、主題はないが、「びんの王冠」「金色の紙で巻いた」「なかなかうまい」が葡萄酒の形状や味に言及していて、「葡萄酒」に結びついていくことが自然に予想されるようになっている。

⑤で「私は」と主題を設定する。これは②の「私たちは」という主題を細分化して説明しようとするためであるが、この主題は⑥⑦⑧まで勢力が及んでいる。つまり、⑥⑦⑧は、略題になっている。⑧など、補っていえば、「私は頼んで、私は電話をかけ、私は呼び出した」のように非常にくどい言い方になってしまう。ひとつの主題設定が文を越えて、また越えた文の内部にまで勢力を延ばすというひとつの見本である。

ただ、⑤から始まって⑧に及ぶ主題の「私は」は⑧の「…のである」という結びでくくられていることにも注意。

⑨の「彼は」は、⑤の「私は」と同じく②の「私たちは」という主題を細分化して説明するために設けられたものであるが、また、⑧で導入された「朝見」という固有名詞を置換して受けたものである。置換の恣意性については、後でふれる。日本語では、文脈に登場した人やものごとを次に代

名詞化するという規則は弱いので、⑨は「朝見は」と同一語句の反復とすることもできる。ただ、小説などでは欧文の影響のもとに「彼」「彼女」を用いることはかなり多い。⑨の「彼は」という主題は、⑩に勢力を及ぼし、⑩では略題となっている。

追加説明 1

三上章（一九七〇）は、省略について「わかっていることは何でも省いてよい、というのが総則である」と述べている。また、同時に「省略しても文意を不明にしない範囲の省略を指していることは言うまでもない」とも述べている。

では、「省いてよいもの」と、省略すると「文意を不明に」するものとは、基本的に何か？

1　A　駅前の本屋でも、その参考書は売ってますか。
　　B　ええ、売ってますよ。

2　A　村田さんは、予定どおりアメリカへ出発しましたか。
　　B　ええ、出発しました。

こうした談話では主題が共有されているので、主題や中心となる叙述部に付け加わっている修飾成分は、Bでは省略できる。ただし、核となる述語を省略すると、文意ははっきりしなくなる。

1′　B　ええ、その参考書は……。

2′　B　ええ、アメリカへ……。

次の談話は、Aの質問にBが答えるものである。

3　A　ここから箱根まで車でどのくらい時間がかかりますか。
　　B　そうですね、三時間ぐらいかかりますね。

4　A　あのう、すみません、今度のプロジェクトの書類、どこにしまいましたか。
　　B　ああ、資料室にしまいましたよ。

Aの質問に答えて、Bでは新情報を述部に加えて答えている。こうした談話では、述部に代用詞「です」等を用いることもできる。

3′　B　そうですね、三時間ぐらいですね。

4′　B　ああ、資料室ですよ。

いわゆる「うなぎ文」と呼ばれるものである。いずれにしろ、述部が略されていないことには変わりはない。ただし、新情報として重要なのは、「三時間ぐらい」、「資料室」であるから、文脈によっては「です」が省かれてしまうことも多い。

3″　そうですね、三時間ぐらい。

4″　ああ、資料室。

追加説明　2

池上嘉彦（一九八三）は、「指示」とは別に「『既知』の情報を受けてテクストの結束性を構成する一つの手法」として「置換」をあげている。指示が「既出の情報を『内容』として受ける」

ものであるのに対し、置換は「先行するテクストの表現の特定部分を受けるという形で既出の情報を引き継ぐ」ものである。

そして、置きかわる形がゼロである場合が「省略」である。ただ、日本語では「『表現』のみを厳密に受けているということが特定し難い」から、置換（あるいは、省略）と指示の区別が「ぼやけざるを得」ず、「『省略』ということを明確に論じることが難しい」としている。

(1)　主題の省略

「…は」などで示される主題を持つ文に続く文が同じ主題である場合、主題は繰り返さず省略されることが多い。

省略部分は（　）で補って示す。

1　A　ここは、第一所木ホテルですか。
　　B　ええ、（ここは）第一所木ホテルです。

2　A　すみませんが、吉田先生の研究室はどこにありますか。
　　B　（吉田先生の研究室は）あの建物の中の三階にあります。

3　A　けさの新聞は読みましたか。
　　B　いいえ、（けさの新聞は）読みませんでした。

4　A　大木さん、東大寺には何時ごろ着きますか。
　　B　（東大寺には）十一時半ごろ着きますよ。

5　A　この店では、こういうおみやげは、よく売れるんですか。
　　B　ええ、（この店では）（こういうおみやげは）よく売れます。

6　私は、ルイス・フィゲレードと申します。（私は）ブラジルから来ました。（私は）今、日本の中世史の勉強をしています。

7　私は夏休みにいなかへ帰りました。（私は）毎朝早く起きて、うちの近くの河原のあたりを散歩することにしています。（私は）時々、遠くの神社まで行くこともあります。

8　今日は、日曜日です。（今日は）午後、友だちが遊びに来ます。

9　このあたりは、秋になると観光客が多ぜい来ます。（このあたりは）車で来る人も多いです。（このあたりは）東京から来るのに、ちょうどよい距離です。

10　メロスは、村の牧人である。（メロスは）笛を吹き、（メロスは）羊と遊んでくらしてきた。けれども（メロスは）邪悪にたいしては、人一倍敏感であった。

11　メロスには父も、母もない。（メロスには）女房もない。（メロスは）十六の、内気な妹とふたりぐらしだ。

（10、11 太宰治「走れメロス」）

12　吾輩は猫である。（吾輩は）名前はまだない。（吾輩は）どこで生まれたかとんと見当がつかぬ。（吾輩は）何でも薄暗いじめじめしたところでニャーニャー泣いていたことだけは記憶している。

（夏目漱石「吾輩は猫である」）

練習問題〔二の⑴〕

一　次の談話例で、省略できる語句に傍線を引きなさい。

1　A　あの建物は、霞が関ビルですか。
　　B　ええ、あれは、霞が関ビルです。

2　A　すみません、木村先生はどちらにいらっしゃいますか。
　　B　木村先生は、いま、図書室にいらっしゃいます。

3　A　きのうの夜は、テレビを見ましたか。
　　B　ええ、きのうの夜は、テレビを見ました。

4　A　野村さん、会議は何時ごろ始めますか。
　　B　会議は二時に始めます。

5　A　このあたりは、冬は、やはりスキー客が多いですか。
　　B　ええ、このあたりは、冬は、スキー客が多いですよ。

6　私は、加藤春子と申します。私は、秋津大学英語学部を卒業いたしました。私は、大学では、商業英語のゼミに参加しておりました。

7　友子さんは、大学で私と同じゼミで勉強している。友子さんは、大変よく勉強をする。でも、友子さんは、映画を見るのも大好きだ。

8　今日（きょう）は、文化の日で大学は休みです。だから、今日（きょう）は、友だちとハイキングに行くことにしていました。でも、今日（きょう）は、朝から雨でした。

9　まだ日は沈（しず）まぬ。最後の死力をつくして、メロスは走った。メロスの頭は、からっぽだ。メロスは何一つ考えていない。ただ、わけのわからない大きな力にひきずられてメロスは走った。

10　私は、今宵（こよい）、殺される。私は殺されるために走るのだ。私は身がわりの友を救うために走るのだ。私は王の奸佞邪知（かんねいじゃち）をうち破るために走るのだ。私は走らなければならぬ。そうして、私は殺される。

（9、10 太宰治「走れメロス」）

二　次の質問に対して、〔　〕の語句と「です」を用いて答えなさい。

1　あの方は、どなたですか。〔山田さん〕
（　　　　　　　　　　　　）

2　あのりっぱな建物は、何ですか。〔美術館〕
（　　　　　　　　　　　　）

3　石井さんは、いつごろフランスに行きますか。〔今月の末〕
（　　　　　　　　　　　　）

4　市役所へ行くには、どこでバスを降りますか。〔幸町（さいわいちょう）二丁目〕
（　　　　　　　　　　　　）

5　山田さんには、どんなプレゼントをあげるんですか。〔美術の本〕
（　　　　　　　　　　　　）

6　岡本さんは、何時ごろ帰ってきますか。〔六時ごろ〕
（　　　　　　　　　　　　）

7　さっきの電話は、だれがかけてきたんですか。〔石田さん〕
（　　　　　　　　　　　　）

(2)　文中成分の主題への昇格（しょうかく）とその省略

ある文の中で焦点（しょうてん）となった名詞句が、次の文では主題になり、その主題は表現されず省略されることがある。

1 朝から激しい雨が降っている。（雨は）どうやらとうぶんやみそうにない。

2 「アンデスの自然と人間」というテレビ番組を見た。（その番組は／それは）自然の厳しさと人間の優しさを教えてくれるものだった。

3 きのう銀座で中山さんにぐうぜん会いました。（中山さんは）美しい女性といっしょでした。

4 北海道へ一週間行ってきました。（北海道は）寒かったですが、まだ雪は降っていませんでした。

5 スミスさんから突然電話があった。（スミスさんは）今、成田空港に着いたところだという。

6 旅館を出て、裏山の神社まで歩いていった。（そこは／神社は）だれも訪れたことがないようにひっそりとしていた。

7 私は、机の上にあった本の表紙を眺めた。（そこには／表紙には）田原万紀と作者の名が書かれている。（田原万紀は）今、ジャーナリズムを賑わしている女流小説家である。

8 私は、次の会合がいつか確認しようとして、友だちの沢田に電話をした。（沢田は）今月の二十四日だと教えてくれた。（二十四日は／その日は）やはり都合の悪い日だった。

9 東北地方を旅行したとき、ある温泉町の小さな旅館に泊まった。（その旅館は）ほとんど客がいないような旅館だったが、温泉療養しているひとりの老人客がいた。（その老人客は）白いひげをはやしていて、穏やかそうな笑みを浮かべた老人だった。

10 メロスには竹馬の友があった。（友は／友の名は）セリヌンティウスである。（セリヌンティウスは／彼は）いまはこのシラクスの町で、石工をしている。（太宰治「走れメロス」）

11　黒江の週刊誌では年に二回、かなり盛大に読者の絵のコンクールをやっていた。（そのコンクールは）最近の若い連中の間に高まっているイラスト熱に目をつけた彼の企画だ。（この企画では）入選作が誌面にカラーの特集ででるので、人気があるらしい。

12　（私は）その絵を見た時、一瞬はっとした。（私は）濡れた手で心臓を、ぎゅっと摑まれたような感じがしたのだ。（その絵は／それは）ビキニの水着をきた少女のパステル画だった。（その絵は／それは）決してうまい絵じゃない。（その絵は／それは）色の使いかたも変だ。だが、（その絵には／それには）何かがあった。

（11、12　五木寛之「弔いのバラード」）

練習問題〔二〕の(2)

次の談話例で、省略できる語句に傍線を引きなさい。

1　近所のスーパーに泥棒が入ったそうだ。でも、その泥棒は、たちまちつかまったという。

2　「食卓は笑う」という本を読んだ。それは、いろいろな国の小話を紹介したおもしろい本だ。

3　駅前で小林さんに会った。小林さんは、とても元気そうだった。

4　出張で九州の長崎まで行くことになった。長崎は、すでに何度も行ったことがあるが、今回は五日間の予定だ。

5　大学の友だちと桜を見に行った。友だちは、中野さん、川崎さん、山本さんの三人である。

6　久しぶりに新宿へ出たので、喫茶店Kに寄ってみた。喫茶店Kは、大学生のころよく来た喫茶店である。喫茶店Kは、少しこんでいたが、ふと見ると、窓ぎわの席に小泉さんが座っていた。小泉さんは、大学時代、英会話クラブの先輩だった人である。

7　目の前に、一人の若い女が立っていた。その若い女は、背の高い厳しい顔つきの娘だった。その背後にさっき喫茶店で見かけた、そばかすだらけの痩せた少年がいた。その少年は、一人だけ、怒って店を出て行った男の子である。

8　冬木をまじえて、四人で昼食を取った。昼食は、野菜の数も少なく、肉もそれほど上等なものではなかった。

（7、8　五木寛之「霧のカレリア」）

9　暑い夏でも、ありたちには夏休みがありませんでした。ありたちは、毎日朝早くからせっせと働き続けていました。

（「ありときりぎりす」『イソップのお話』）

10　昔、鳥とけものが、ふとしたことから戦争を始めました。戦争は、なかなか勝負がつきません。戦争は、たがいに勝ったり負けたりしていました。

（「仲間はずれにされたこうもり」『イソップのお話』）

(3)　場面、文脈への依存と省略

会話において言及されているものが、話し手・聞き手にとって場面や文脈から容易に了解できる場合には、省略され、言い表わされないことが多い。

1　A　あのう、これはいくらですか。
　　B　（それは）五百円です。

2　A　〔相手に対して〕（土屋さんは）コーヒーと紅茶と、どちらになさいますか。

B　そうですね……。(わたしは) コーヒーにします。

3　A　(宮本さんは) 遅いですね。もう、三時二十分ですよ。

B　もうそろそろ (宮本さんは) 来ると思いますよ。

4　〔包装されたケーキの箱を差し出して〕はい、(これは) おみやげです。(これは) ケーキです。

5　(わたしは) 上田と申します。(わたしは) 東明大学で源氏物語の研究をしています。

6　今日はお天気がいいから、(わたしたちは) ちょっと散歩をしませんか。で、帰りに、(わたしたちは) みんなでビールでも飲みませんか。

7　A　この堂に住んでいる男を君は知っているかい。

B　知らない。

A　そうか。この堂の内には珍しい男が住んでいるのだ。

B　どんな男だい。

A　八九年の間壁ばかり見ている男が住んでいるのだ。

(武者小路実篤「だるま」)

練習問題〔二〕の(3)

次の談話例で、省略できる語句に傍線を引きなさい。

1　A　それは、何ですか。

B　ああ、これは、音楽会の入場券です。

2　A　〔相手に向かって〕これ、斉藤さんの辞書ですか。

B　ええ、それは、わたしの辞書です。

3　A　〔相手に向かって〕井上さんは、明日(あした)の会議に出席しますか。

B　ええ、わたしは出席します。

4　A　〔相手に向かって〕佐藤さんは、どちらの大学を出られましたか。

B　はい、わたしは東明大学の経済学部です。

A　ああ、そうですか。経済学部には、たしか鈴木先生がおられたと思いますが、鈴木先生はまだおられますか。

B　はい、鈴木先生は、いま主任教授をなさっています。

A　ああ、そうですか。鈴木先生は、お元気ですか。

B　はい、鈴木先生はとてもお元気です。

5　わたくし、横浜貿易の中野と申します。わたくし、中村部長にお目にかかりたいのですが。

6　もしもし、わたし、竹内です。いま、わたしのうちに馬場(ばば)さんが見えてるんです。もしよろしかったら、佐々木さん（＝電話の相手の名）もわたしのうちにいらっしゃいませんか。わたしたち、三人で近くのお祭りを見に行こうって、話をしてたんですが——。

(4)　文の中心内容の省略

ある文の表す中心内容が状況(じょうきょう)や場面から容易に理解される、あるいは理解してほしいと期待する場合など、略して表現される。

1　A　〔二人の客にコーヒーと紅茶のどちらがよいかをきいて〕春子さん、コーヒーと紅茶とどちらがいいですか。

B　コーヒーをください。
A　秋子さんは（コーヒーと紅茶のどちらがいいですか）？
C　そうね、わたしもコーヒー（がいいです）。

2　A　すみません、お忙しいところをわざわざ（いらしていただきまして）。
B　いいえ。

3　A　夏夫さん、ケーキはお好きですか。
B　いえ、ケーキはあまり（好きではありません）。

4　〔桜並木を友だちと散歩しながら〕ほら、あんなに桜が散って（とてもきれいね）。

5　A　あら、こんな時間だわ。
B　あっ、早く行かなければ（大変だ）。

6　A　私もお花、習ってみたいわ。
B　じゃあ、やってみれば（いいのに）。

7　A　〔雨にぬれて帰ってきた夫に〕まあ、ずい分ぬれて（困ったでしょう）。
B　うん、雨に降られてね（だいぶぬれてしまったよ）。

8　A　〔客に茶菓をすすめて〕何もございませんが（どうぞ召し上ってください）。
B　どうぞおかまいなく。

9　A　そろそろ、出かけましょうか。
B　ええ、今、したくしますから（ちょっとお待ちください）。

10　A　これ、論文の下書きなのですが、もしできましたら（ご覧いただけますか）。
B　はい、ぜひ読ませてください。

11　A　それでは、いっしょにやることにしましょうか。
　　B　ええ、ぜひそう願えれば（大変ありがたいです）。
12　A　松田さん、今夜、音楽会に行かないかい。
　　B　今夜はちょっと用事があって（無理なんです）。

練習問題〔二〕の(4)

次の文の言おうとしていることを（　　）の中に書きなさい。

例　〔部屋のドアをあけて、相手に向かって〕さあ、どうぞ。
（部屋に入るようにすすめている。）

1　〔ソファーを差し示して、相手に向かって〕さあ、どうぞ。
（　　）

2　ところで、あしたの休みは？
（　　）

3　〔あした、ゴルフに行かないかと誘われて〕実は、子供と映画を見に行く約束をしていまして。
（　　）

4　もしできましたら、ご意見をうかがいたいことがあるんですが……。
（　　）

5　〔ご意見をきかせてほしいという申し出を受けて〕わたしに分かることでしたら……。
（　　）

6　あれ、まだいたんですか。五時にはクリスマスパーティーが……。（　　）

7　〔パーティーには参加しなかったのかときかれて〕急用ができてしまってね――。（　　）

8　〔いつ訪ねてくるかときかれて〕山田さんのごつごうのよろしいときに……。（　　）

9　〔ケーキは好きかときかれて〕甘いものは、ちょっと……。（　　）

10　〔外は寒かったでしょう、と言われて〕ええ、とても。（　　）

(5)　補足　助詞「は」「が」「を」の省略

談話として述べられた内容に関わる事項ではないが、会話などでよく起こる「は」「が」「を」の省略にもふれておく。Makino *et al.*（一九八六）を参考にして言うと、次のようである。

「は」………「は」で示される主題部の事物が、話し手・聞き手に身近であり、既知であれば、「は」は省略されやすい。

「が」………主語を表す「が」は、話し手が聞き手も強く関与していることを述べる場合、よく省かれる。

「を」………「を」で示される名詞句で、特に注意の焦点がない場合、「を」はよく省略される。疑問文では、その傾向が強い。

1　〔電話で〕あっ、もしもし、ぼく(は)山川ですが、春子さん(は)いらっしゃいますか。

2　A　中村さん(は)、いらっしゃいますか。
　　B　中村ですか。今、席をはずしております。

3　〔おみやげを手渡そうとして〕これ(は)、ほんのつまらないものですが——。

4　〔テーブルの上の写真を見て〕あっ、それ(は)、日光の写真ですね。

5　A　まだ、雨(が)降っていますか。
　　B　うん、なかなかやみそうにないよ。

6　A　年夫、明子さん(が)、いらっしゃいましたよ。
　　B　えっ、明子さん(が)、わざわざ来てくれたんですか。

7　A　ひろし君のおねえさんは、ピアノ(が)、できますか。
　　B　ええ、姉は、ピアノ(が)、なかなか上手ですよ。

8　A　まり子さんは、北海道へ行ったこと(が)あります？
　　B　ええ、一度行ったこと(が)あります。大学の友だちと。

9　A　それ(は)、いくらですか。
　　B　ちょうど五百円です。
　　A　じゃ、それ(を)ください。

10　A　すみません、そのしょうゆ(を)ちょっと取ってくれませんか。
　　B　はい、どうぞ。

11　A　ちょっと、ひと休みしませんか。テレビ(を)見ながら、コーヒー(を)飲みませんか。
　　B　それはいいですね。

練習問題〔二〕の(5)

次の談話例で省略できる助詞に傍線(ぼうせん)を引きなさい。

1　はじめまして。わたくしは、横浜貿易の松本と申します。きょうは、お忙(いそが)しいところを、お伺(うかが)いしまして……。

2　あら、こんな時間だわ。わたしは遅刻(ちこく)だわ。

3　A　すみません、このかばんは、どこにしまいましょうか。
　B　あっ、今、書類を出しますから、そのままにしておいてください。

4　A　ねえ、今夜、何か用事がある？
　B　春子さんと映画を見に行くことしてるんだ。

5　A　ねえ、もうおふろがわいていますよ。
　B　うん、ちょっとたばこを買ってきてから、おふろに入る。

6　A　あのう、このさいふをちょっと見せていただけませんか。
　B　はい、かしこまりました。こちらでございますね。

7　A　ここにご住所とお名前をお書きください。
　B　えーと、はんこもいるんですか。
　A　サインでけっこうです。

〔三〕語(句)の繰(く)り返し

日本語では、前文中の語(句)を繰り返して用いて談話を進行させる方法が、よく用いられる。これは、語彙的手段による結束性の問題である。

①馬車の中にはお婆さんが五人居眠りしながら、この冬は蜜柑が豊作だという話をしていた。②馬は海の鷗を追うかのように尻尾を振り振り走った。

③馭者の勘三は馬を大変愛している。④その上、八人乗りの馬車を持っているのはこの街道で勘三一人だ。⑤また彼はいつも自分の馬車を街道の馬車のうちで一番綺麗にしておく程の神経質だ。⑥坂道へさしかかると彼は馬のために馭者台からひらりと下りてやる。⑦このひらりと下りてひらりと乗る身振りがいかにも軽快であることを、内心得意に思っている。⑧また彼は馭者台に坐っていても馬車の揺れ工合で、子供が馬車のうしろにぶら下ったことを感づけるので、ひらりと飛び下りて子供の頭へこつんと拳骨を食らわせる。⑨だから街道の子供たちは勘三の馬車に一番目をつけているがまた一番恐れている。

⑩ところが今日は、どうしても子供が捕らないのだ。⑪つまり、猿のように馬車のうしろにぶら下っている現行犯を取り押えることが出来ないのだ。⑫いつもなら、彼はひらりと猫のように飛び下りて馬車をやり過し、知らずにぶら下っている子供の頭へこつんと拳骨を食らわせて、得意に言うのだ。

⑬「間抜けめ。」

（川端康成「夏の靴」）

ここでは、談話を構成する中心要素である「馬車」（あるいは、「馬」）、「勘三」、そして「子供」が語（句）としてどのように引き継がれ展開していくか、みてみよう。

「馬車」（あるいは「馬」）について

①馬車（の）→②馬（は）→③馬（を）→④馬車（を）→⑤馬車（を）、馬車（の）→⑥馬（の）→⑧馬車（の）、馬車（の）→⑨馬車（に）→⑪馬車（の）→⑫馬車（を）

「勘三」について

③勘三（は）→④勘三 →⑤彼（は）、自分（の）→⑥彼（は）→⑧彼（は）→⑨勘三（の）→⑫彼（は）

「子供」について

⑧子供（が）、子供（の）→⑨子供たち（は）→⑩子供（が）→⑪現行犯（を）→⑫子供（の）

まず、「馬車」（あるいは「馬」）であるが、同一語句が何度も繰り返し使用されていて指示語句で置きかえるということはない。「馬車」というのは、「馬」も含めての全体性であるが、その関連性が指示語句で示されるということもない。語句の繰り返しは、日本語の表現においては自然なものであり、また一般的であるといえる。

次に、「勘三」であるが、同一語句を用いたり、「彼」と言いかえたり、「自分」を用いたりしている。「彼」と言いかえるのは、「指示」であると言えそうだが、三人称代名詞としての「彼（ら）」「彼女（ら）」は、近代になってからまず翻訳小説や近代小説で用いられるようになったものといえよう。今では、広く会話などでも用いられるようになってきたが、これはしかし「指示」というより「代替語」の使用といったもので、任意の性格が強いものである。

つまり、「勘三」「彼」を適度に置きかえたり、補ったり、また省略したりすることができる。

「自分」は人称に関係なく用いられる。ここでは、作者は上接語句「彼（は）」⑤の視点に立っているので、この「自分」は「彼」=「勘三」ということになる。

最後に、「子供」についてであるが、ここでも同一語句が繰り返し使用され、指示語句への置きかえはない。ただ、ある種の行為を行う子供を「現行犯」⑪という表現でとらえているが、これは別の表現上の問題と考えることができよう。

このように、同一語句の反復は語彙的手段による結束性としてよく用いられるが、ほかに関連語句による反復もある。これについては11ページ(4)の例を見てほしい。

ここでは、代替語の性格の強い「彼」「彼女」や、「自分」の用例も加えていくつかの談話例を示しておく。

1　昔々、あるところにおじいさんとおばあさんが住んでいました。おじいさんは、とてもよく働きました。おばあさんも大変働きものでした。

2　小田原熱海間、軽便鉄道敷設の工事が始まったのは、良平の八つの年だった。良平は毎日村はずれへ、その工事を見物に行った。

（芥川龍之介「トロッコ」）

3　ある春の日ぐれです。唐の都洛陽の西の門の下に、ぼんやり空をあおいでいる、一人のわか者がありました。わか者は名は杜子春といって、もとは金持ちのむすこでしたが、いまは財産をつかいつくして、その日のくらしにもこまるくらい、あわれな身分になっているのです。

（芥川龍之介「杜子春」）

4　その部屋にいるのは、三人だけだった。Q新聞論説主幹の森村洋一郎、同じ社の花田外信部長、そして外信部記者、鷹野隆介の三人である。

（五木寛之「蒼ざめた馬を見よ」）

5　ある日の夕暮れである。一人の下人が羅生門の下で雨やみを待っていた。広い門の下には、この男の外にだれもいない。

（芥川龍之介「羅生門」）

6　三人はまたトロッコへ乗った。車は海を右にしながら、雑木の枝の下を走っていった。

（芥川龍之介「トロッコ」）

7　メロスは、単純な男であった。買い物を、背負ったままで、のそのそ王城へはいっていった。たちまち彼は、巡邏の警吏に捕縛された。調べられて、メロスの懐中からは短剣がでてきたので、さわぎは大きくなってしまった。メロスは、王の前に引きだされた。

（太宰治「走れメロス」）

8　野島が初めて杉子に会ったのは、帝劇の二階の正面の廊下だった。野島は脚本家をもってひそかに任じてはいたが、芝居を見ることはまれだった。この日も彼は友人に誘われなければ行かなかった。誘われても行かなかったかもしれない。

（武者小路実篤「友情」）

9　これは清兵衛という子供とひょうたんの話である。この出来事以来清兵衛とひょうたんとは縁がきれてしまったが、まもなく清兵衛にはひょうたんに代わる物が出てきた。それは絵を描くことで、彼はかつてひょうたんに熱中したように今はそれに熱中している。

（志賀直哉「清兵衛とひょうたん」）

10

彼は、また馭者台を飛び下りてみた。

これで三度目だ。十二三の少女が頬を真赤に上気させてすたすた歩いている。肩で刻むように息をしながら眼がきらきら光っている。しかし彼女は桃色の洋服を着ている。靴下が足首のあたりまでずり落ちてしまっている。そして靴を履いていない。勘三がじっと少女を睨みつける。彼女は横の海に目をそらして、たったっと馬車を追ってくる。

（川端康成「夏の靴」）

11

すでにはりつけの柱が高々と立てられ、縄を打たれたセリヌンティウスは、徐々につりあげられてゆく。メロスは、それを目撃して最後の勇、先刻、濁流を泳いだように群衆をかきわけ、かきわけ、「私だ、刑吏！　殺されるのは、私だ。メロスだ。彼を人質にした私は、ここにいる！」

と、かすれた声で精いっぱいに叫びながら、ついにはりつけ台にのぼり、つりあげられてゆく友の両足に、かじりついた。

（太宰治「走れメロス」）

12

一月二十九日の朝、丸善に行っていろいろの本を捜した末、ムンチという人の書いた「文明と教育」という本を買って丸善を出た。出て右に曲って少し来て、四つ角のところへ来たとき、右に折れようか、まっすぐ行こうかと思いながら、ちょっと右の道を見る。

二三十間先に美しい華やかな着物を着た若い二人の女が立ちどまって、だれか待っているようだった。自分の足は右に向いた。その時自分は、……

（武者小路実篤「お目出たき人」）

13

宿の向かいに煮豆を売っていた年寄は、いつも夜になると自分のところへ来て、色んな話をした。自分は立って行くという前の晩に、その年寄を呼んで別れの酒を飲んだ。年寄はしまいに、お前さんもこんな四十里も渡る海の上へはもう二度と来られまい。来てもわしはいなくなっているかもわからぬ。今宵はあとにたった一つ残った話をすると言い出した。

（鈴木三重吉「黒髪」）

練習問題〔三〕

一　次の各文に続けて文章を作りなさい。

1　昔々、遠く離れた国にシンデレラというかわいい女の子が住んでいました。

2

昔々(むかしむかし)、ウェンディ、ジョン、マイケルという三人の子どもがいました。

3

今日、淳子(じゅんこ)ちゃんは五歳(さい)になりました。

4

京都から家内の母が遊びに来た。

5　公園で散歩をした。

（answer box）

二　次の文章を読んで、「魚」を三種類のタイプに分類し、□にそのタイプ名を書き、（　）の中にそれに属する番号を書きなさい。

I □（　　）

II □（　　）

III □（　　）

とても大きな魚①が住んでいました。

この魚②は、乱暴（らんぼう）でいばり屋でした。

いつも小さな魚③たちを、いじめてばかりいました。

「おれは、世界一のでっかい魚④だ。魚⑤の王様だ。ちびっこどもは、どけ、どけ。」

などと、どなりちらすので、小さな魚⑥たちはびくびくしながら、暮（く）らしていました。

ごちそうも、大きな魚⑦がひとりじめにしました。ますます太って大きくなりました。

それにひきかえ小さな魚⑧たちは、いつもおなかをすかして、やせていました。

ある日、りょうしが網打ちに来ました。でも網にかかるのは小さな⑨魚ばかりで、みんな網の目から逃げてしまいます。

おしまいに、大きな⑩魚がかかりました。一匹だけで、網がいっぱいになりました。

「やあ、⑪魚の王様をいけどったぞ。」

りょうしは、大喜びで帰っていきました。

小さな⑫魚たちも、おどりまわって喜びました。

（「魚の王様」『イソップのお話』）

〔四〕接続の表現

文と文との連続がどのような関係のもとに成立し、談話が構成されていくかを、語（句）の形で明示的に示すのが接続の表現である。この接続の表現は多様な問題を含んだ項目である。

①つぎは手紙についてかこう。

②手紙かきも知的生産の一種であるといえば、やや拡張解釈にすぎるであろうか。③しかし、すくなくともそれが、知的生産のための重要な補助手段であることはまちがいない。④文通によるさまざまな情報の交換が、わたしたちの知的活動をおおきくささえていることは、うたがいをいれないからである。

⑤もっとも、手紙のかき方なんぞ、小学生でもしっていることで、いまさらその技術論でもあるまいという感じはある。⑥ところが、実情はどうも、そんなことではなさそうである。⑦小学生でもしっているはずのことを、知的職業についているりっぱなおとなが、しらないこ

とがおおいのではないか。⑧そうとしかおもわれない事例に、しばしばであうのである。
⑨現代日本社会は、どうも、手紙の技術の開発と洗練をおろそかにしたために、手紙による通信、情報交換の体系は、今日容易ならぬ状況にたちいたった、とわたしはみている。
⑩もっともここで、じょうずな手紙文のかきかたをかんがえてみようという気はない。⑪手紙の内容ないしは文章については、問題にしない。⑫問題は、手紙の形式である。

（梅棹忠夫「知的生産の技術」）

①「つぎは」＝問題点を新たなものへと進める言い方である。

「知的生産の技術」は十一章からなり、それに「はじめに」と「おわりに」が付いている。これは八章「手紙」の冒頭の部分である。七章で「ペンからタイプライターへ」を論じたので、「つぎは」と論が展開することになる。

②「であろうか」＝疑問提示で次の文へと接続する。

「か」という疑問の終助詞に対しては、答えが必要であるから、それに答える形で③が連続していく。②では、「…といえば」と主題を提示し、一般的と思われる見解を「…であろうか」と疑問の形で提出している。

③「しかし」＝前文（まで）に対して反対する内容で接続する。

②の一般的見解に対して、「しかし、…まちがいない。」と著者の見解を述べたてている。

④「からである」＝前文（まで）に説明する形で接続している。

③の著者の見解が成立する理由を追加する形で述べている。

⑤「もっとも」＝前段落での主張に対して修正や制限を加える形で接続する。

③④で述べた主張に対して、「小学生でもしっていることで」「いまさらその技術論でもあるまい」という一般的道理を条件に「という感じはある」と制限を加えた述べ方をしている。

⑥「ところが」＝前文に対して反対する内容で接続する。

③④での主張に対し、⑤で修正や制限を加えたかにみえたが、その⑤に対して、⑥で反対する述べ方をしている。「ところが」は、意外性を強調する。

⑤は、一般的見解に遠慮したひかえめな形の表現で、それは⑥の「…なさそうである」にも引き継がれている。

⑦「のではないか」＝疑問提示で次の文へと接続する。

⑦は、⑥の「実情」を具体的に示す形で展開した文である。「つまり」などの接続助詞を補うことができる。著者の主張は、③④⑥⑦と続いてきている。

⑧「のである」＝前文(まで)に解説を加える形で接続している。

「事例」をもちだすことで⑥⑦の著者の見解に、解説を加え、主張の一応のしめくくりをする。

⑨「ために」＝前件を原因として、後件に接続している。

⑨は一文一段落。⑥の「実情」を大局的に述べている。

「わたしはみている」という判断の内容が、原因―結果の形で述べられている。

⑩「もっとも」＝前段落(まで)の主張に対して条件や制限を加える形で接続する。

⑨で大局的に述べられた「実情」に対し、著者は、ここではどのような姿勢をとろうとしているか、まず条件や制限を否定の言い方で述べたてている。

⑪（接続語句なし）

⑪は、いわば、「つまり」という意味で、⑩についての内容を繰り返している。⑩の「手紙文」

は、⑪の「手紙の内容ないしは文章」であり、それが⑪では「については」と主題化されている。

⑫（接続語句なし）

⑩⑪の否定的な思い方に対し、ここで著者が取り上げようとすることが述べられる。⑫の「問題」は、⑪の「問題」に対応し、⑫の「形式」は、⑪の「内容」に対応している。

追加説明 1

このシリーズでは、6で一冊の形で「接続の表現」を取り上げている。参考のために、目次をもとに接続の表現の取り上げ方、取り上げられた項目を一覧にしてみる。

接続の表現（本シリーズ6から）

〔一〕二つの事柄を論理的関係でつなぐ表現

一　順接

(1)　条件を表す言い方

ば、たら(ば)、なら(ば)、と

(2)　先に理由を述べ、後に結果を述べる言い方（帰結）

A　から、ので、て

B　ため、その結果、だから、したがって、ゆえに

(3)　話が発展していく言い方（展開）

A　すると、そこで、それで、それでは

B　それから、こうして、ましてて、一方

(4) 先に結論を述べ、後からその理由を述べる言い方（解説）

なぜなら(ば)／なぜかといえば／なぜかというと、だって、というのは／といいますのは

二　逆接

(1) 条件を表す言い方

ても／でも、ところで、と

(2) 前に述べた事に対して反対の事柄を続ける言い方（逆接）

A　しかし、けれども、だけど、が、だが、ところが

B　でも、それでも、にもかかわらず、それにしても、それにしては、のに

C　ものの、ものを、くせに、からといって

〔二〕二つ以上の事柄を別々に述べるのに用いる接続の表現

一　二つ以上のことを並べて言う言い方（並列）

A　および、ならびに、また、かつ

B　し、たり、ながら、つつ、ば、とか、やら

二　前に述べたことにつけ加える言い方（累加）

A　そして、それから、それに、その上、しかも

B　さらに、おまけに、(それ)ばかりでなく、(それ)どころか

C　て

三　二つ以上の事柄から選ぶ言い方（選択）

A　あるいは、または、もしくは、それとも、ないし(は)

B　むしろ、というよりは、なり、代わりに

四　話題を変える言い方（転換）

さて、ところで、それはさておき、それはそうと

〔三〕一つの事柄を拡充して述べる表現

一　言い換える言い方（換言）

すなわち、つまり、いわば、ようするに、けっきょく

二　補う言い方（補充）

ただ、ただし、もっとも、なお、ちなみに

以上のように、多様な項目を含むものである。ここでは、例文等の提示は、本シリーズ⑥「接続の表現」にゆずって、談話上の問題が加わったいくつかの練習問題を出すことにする。

追加説明　2

本シリーズ⑥「接続の表現」以外に、接続の表現がどのように取り扱われているか簡単に紹介してみたい。

次の（A）は、文法事項を説明するためのものであり、（B）は、論理的、認識論的把握によるものである。

（A）節と節の意味的関係節＝複文における前件や後件）

- 並列的関係（継起を含む）
- 主従的関係

述語（ないし節全体）を修飾（しゅうしょく）・限定する
　時・前後関係
　原因・理由
　仮定・条件
　程度
述語の内容（「引用」）
名詞を修飾（しゅうしょく）・限定する
　付加情報的
　内容説明的
従節自体が名詞となる

（寺村秀夫、一九八一）

（B）
論理関係
　等置、対比、択一（たくいつ）
　条件―結果、譲歩（じょうほ）―結果、など
因果関係
　原因―結果、理由―結果、手段―目的
　手段―結果、など
時間関係
　同時、先行、後続、開始、終了、など

（池上嘉彦、一九八三）

練習問題〔四〕

一　文章中のa、b、cの中から適切な接続語句等を選びなさい。

1　きこりは、きょうも山で木を切っていました。かあんかあんと、おのの音がこだまします。

{a だから／b ところが／c というのは}、きこりはうっかりして、大事なおのを深い沼(ぬま)に落としてしまいました。

「困ったなあ。おのがなくては、仕事ができない{a なら／b けれども／c し}、仕事をしないと暮(く)らしていけない{a なら／b けれども／c し}。」

きこりは、とほうにくれて、沼(ぬま)のふちに立っていました。

{a たちまち／b すると／c そこで}水の中から女神(めがみ)様が姿をあらわしました。

「おまえがなくしたおのは、これではありませんか。」

それは、金(きん)のおのでした。

「とんでもない。わたしのおのは、金ではありません。」

女神様は、姿を消して、{ a その結果　b それにしても　c こんどは }銀のおのを持ってあらわれました。

きこりは、{ a また　b まして　c けっきょく }首をふりました。

{ a 一方で　b さて　c 三度めに }、女神様は鉄のおのを持ってあらわれました。

「それです。わたしがなくしたおのです。」

きこりは何度もお礼を言って、自分のおのを受け取りました。

女神様はにっこりしました。

「おまえは、正直者ですね。ごほうびに金のおの{ a も　b とか　c または }、銀のおの{ a も　b とか　c など }、二本ともあげましょう。」

{ a さすがに　b まるで　c それどころか }夢のようでした。

正直なきこりは、りっぱな金と銀のおのをもらって、お金持ちになりました。

{a つまり / b もっとも / c さて}、となりの家にもきこりがいました。この話を{a きくと / b きくなら / c きけば}、うらやましくてたまりません。

「自分もやってみよう。」

と思いました。

あくる朝早く、欲ばりなきこりは、山へと出かけました。

「ははあ、この沼だな。」

きこりは、自分のおのをわざと沼に投げ込みました。

{a こうして / b それにしても / c すると}女神様はきのうのように姿をあらわしました。

「女神様、大事なおのを沼に落としました。どうぞ、お返しください。」

きこりが頼む{a のに / b と / c けれども}、女神様はいったん姿を消してから、金のおのを持ってあらわれました。きこりは、手をのばして、

「それです。それです。わたしがなくしたおのです。」

と叫びました。

{a したがって／b それに／c けれど}女神様は黙って、沼の中に姿を消しました。きこりがいくら{a 呼んでも／b 呼ぶため／c 呼んだら}、二度と姿を見せませんでした。

欲ばって、うそを言ったきこりは、大事なおのをなくしてしまいました。

（「金のおの」『イソップのお話』）

2　全国生活指導研究協議会の家本芳郎氏は、若い人たちの話し言葉の特徴について①ことば自体が中性化　②隠語の日常語化　③テレビ・マンガの流行語の多用、をあげている。話し方としては、①せきこむような口調　②甘えた話し方　③最後まで言わない、{a だが／b そして／c とくに}、私はこれに「気になる口ぐせの多用」というのをつけ加えたい。{a それでは／b それでも／c といっても}、気心が知れた仲間同士なら、親しみの表れとして、こうした身内ことばも、{a さらに　b べつに　c まして}目くじらを立てるほどのことではないと思うのだ{a が　b から　c とか}、口ぐせというものは大勢のまえでもつい出てしまう{a くせに　b のに　c から}やっかいなのである。これは、なにも若い人たちだけでなく、私たち働く者にもいえることだ。{a とくに　b べつに　c まして}気になるのは、「いちおう」ということばである。

つい出てしまうから、口ぐせというのだが、何か聞く{a ため　b と　c のに}、「いちおう調べました」「いちおう知っているつもりですが」と答がかえってくる。言いわけがましいのも気になるが、たいへん聞きづらい。八十四年二月の「サンデー毎日」でも「いちおう」の特集をしているから、つい数年まえまでは、学生ことばだったはずなのだが、気をつけて聞いている{a ため　b と　c のに}、かなり年配の人までが、この「いちおう」を使っているようだ。{a さらに　b ぜひ　c それに}やめたい口ぐせの代表格である。口ぐせの特徴として、緊張すると、{a さらに　b ぜひ　c それに}乱発する傾向がある。読者のなかにも心当たりがある人が多いのではないだろうか。

これはK大の学生に聞いた話なのだが、一時間の授業の間に「いわば……」ということばを四〇回以上も使った先生がいたという。数えていた本人も暇だと思う{a が　b から　c とか}、これはちょっと異常な回数である。九〇分授業とすると、なんと二分に一回は「いわば……」をくり返していたことになる。

「いわば」と{a くれば　b くるので　c くるのに}、つぎの語は、前の語を受けて言いかえをすることばがくるのがふつうだ{a が　b から　c とか}、この先生の場合は、「そして」のかわりに使っているのではないか、と思われるほど多い。{a やはり b さすがに c もっとも}、授業は難解で有名だったということだ。それはそうだ、こうくり返されては、聞き手の注意はどうしても、口ぐせが使われる部分にとらわれ、肝心の本筋は理解しにくくなるものだ。これほど極端（きょくたん）な例ではないにし{a たり b ても c ては}、われわれはそれぞれの口ぐせを持っている。「まあ、その～」とか「いわゆる一つの」を個性として受け取ってくれる立場にいる人ならそのままでもいいのだろうが、ふつうはマイナスイメージになることはあっ{a たり b ても c ては}、プラスに受け取ってくれる人は少ないにちがいない。これだけは一朝一夕（いっちょういっせき）には直らない{a と b から c とか}、ふだんから自分で気をつけて、なるべく使わないようにすることだ。

（日向茂男「発表する技術」）

二　文章中のa、b、cの中から適当な接続語句等を選びなさい。また、□の中に適当な語を入れなさい。

おそい夕食が｛a すんだのに／b すむままに／c すむと｝、ジュリーと二人だけになった。彼女の父親が気をきかせて、早々に書斎に引上げてくれた｛a からだ／b ものだ／c ことだ｝。

外は明るかった。部屋の窓から、海と、オスロの市街がよく見えた。私たちは向きあってコーヒーを飲んでいた。

「さっきの話だけど——」

とジュリーが英語で言った。「わたし、｛a さすがに／b やっぱり／c なお｝よすわ。一人で行ってらっしゃい」

「［A］だい」

コーヒー茶碗を下に置いて私が言った。

「［B］きみがあそこへ行くのを嫌がるのか、そのわけを聞かせて貰いたいね。｛a やっぱり／b むしろ／c だいいち｝、オスロを見に来いとすすめたのは、きみの方だぜ。きみがどこでも案内すると言う

「それはそうだけど｛a のに　b けれど　c から｝、｛a わざわざ　b つまり　c とくに｝ストックホルムからやって来た｛a んだ　b ものだ　c はずだ｝よ」

ジュリーは立ちあがって窓際（まどぎわ）へ｛a 行っても　b 行けば　c 行き｝、放心したような横顔を見せて外を眺（なが）めた。

「｛a そして　b だから　c でも｝、ほかに見る所は沢山（たくさん）あるわ。フログネル公園とか——」

「そうじゃないんだ」

と私は彼女（かのじょ）の言葉をさえぎって言った。

「ぼくが言っているのは、そういうことじゃない。［C］きみがムンク美術館へ行くのを避（さ）けるのか、その訳が知りたいのさ」

「わたし、いやなの」

「［D］が？」

「ムンクの絵を見るのが」

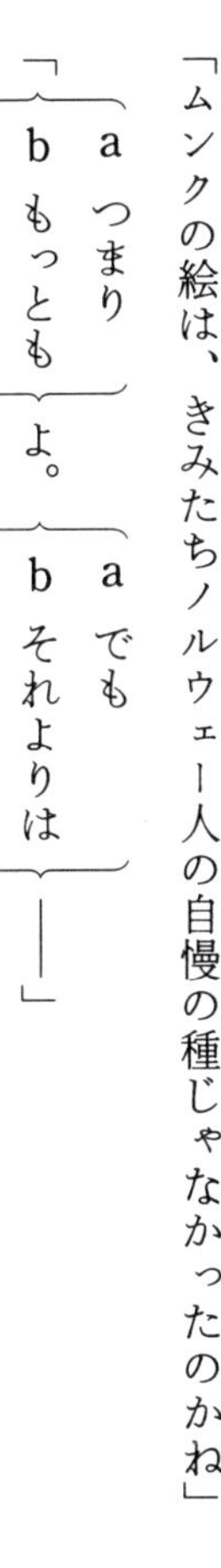

「ムンクの絵は、きみたちノルウェー人の自慢の種じゃなかったのかね」

「{a つまり / b もっとも / c もちろん}よ。{a でも / b それよりは / c そうだから}――」

とジュリーは私を振り返って言った。「わたしはオスロに{a 住んでいるので / b 住んでいながら / c 住んだり}、

まだ{a いっぺんも / b にどと / c いつも}ムンク美術館へ行ったことがないのよ。{a ときどき / b めったに / c いちど}勇気を出して、

入口まで行ったことがあるの。{a でも / b そうすれば / c こうして}どうしても中にはいれなくって、そのまま引返してきたわ」

「[E]？」

「怖かったの。彼の絵を見るのが」

（五木寛之「夏の怖れ」）

第五章　「なる」「する」の表現

日本語では、人と事象の係りを主体がその行為・作用を対象に働きかけるという観点からとらえるよりも、状況における自然な変化の結集としてとらえる表現形式が好んで用いられることがある。「する」では、対象への働きかけによる変化を表すのに対し、「なる」では、変化の結集状態が表現される。働きかける主体は特に表現されないのである。

ここでは、文法的説明を中心にする。

わたしが春子さんや秋子さんにはじめて会ったのは、①大学生になってからですが、気が合ったのか、すぐ仲のいい②友だちになりました。それで、大学生活もとても③楽しくなりました。三人会って、話をするとワイワイ、ガヤガヤ、④とてもにぎやかになります。この間も、図書館にいるのも忘れて、つい話に⑤夢中になって、声が⑥大きくなってしまったら、⑦「あまりうるさくしないでください。もっと⑧静かにしてください。」って注意されてしまいました。わたしは、あわてて声を⑨小さくしました。これは、失敗、失敗。夏休みに、秋子さんのいなかの海へ⑩行くことになりました。最初、春子さんが、「ねえ、⑪夏になったら、どこか、いっしょに⑫行くことにしない？」

と提案したのです。私が、

「それなら、⑬山にしない？」

っていうと、春子さんが、

「やっぱり、夏は、海、海。⑭海にしましょうよ。」

って強く言うんです。秋子さんまでも、

「海よ。山よりいいわよ。」

って言い出しました。

「わたしの家、夏は、海の民宿なんだけど、みんなで⑮来るようにしない？」

でも、わたしは恥(はず)かしいけど、実はまだ泳げないんです。

「だいじょうぶ。すぐ⑯泳げるようになるわ。」

と秋子さん。結局、春子さんも大賛成して、秋子さんのいなかの海へ⑰行くことになりました。

今年こそ、がんばって少しでも⑱泳げるようになるつもりです。大学の勉強も、春子さんの民宿で毎日⑲続けるようにします。規則正しい生活を⑳送ることにしたいと思います。

①②⑤⑪について

（名詞＋になる　①大学生／②友だち／⑤夢中(むちゅう)／⑪夏になる）

①は、自分自身の身分の変化、②は相手との関係の変化、⑤は自分の気持の変化、⑪は自然、ここでは季節の変化の結果を表現している。⑤は、イディオムとして扱(あつか)ってよいものである。

以上を「する」の表現を用いて、「①′大学生にする」「②′友だちにする」「⑤′夢中(むちゅう)にする」「⑪′夏にする」とすれば、ある主体が他者やある事柄に働きかけてそのように変化させたことを表す。ただし、⑪′は一般的な表現ではない。この変化させるということは、ことに働きかける対象が事柄である場合、主体の意志決定でもある。

⑬⑭について

（名詞＋する　⑬山／⑭海にする）

⑬⑭とも、自分の希望する行き先を主体としての意志で決定している。これに対応する「⑬′山になる」「⑭′海になる」という表現は、ふつうはない。

③⑥について

（イ形容詞（～く）＋なる　③楽しく／⑥大きくなる）

ある状態が変化した結果についていっている。「③′楽しくする」「⑥′大きくする」は、ある状態を変化させることを表す。

⑦⑨について

（イ形容詞（～く）＋する　⑦うるさく／⑨小さくする）

ある状態をある主体が変化させることを表す。ある状態の自然な変化は、「⑦′うるさくなる」「⑨′小さくなる」である。

④について

（ナ形容詞（～に）＋なる　④にぎやかになる）

ある状態が変化した結果についていっている。「④′にぎやかにする」は、ある状態を変化させることを表す。

⑧について

（ナ形容詞（～に）＋する　⑧静かにする）

ある状態をある主体が変化させることを表す。ある状態の自然な変化は、「⑧′静かになる」である。

⑩⑰について

（動詞＋ことになる　⑩⑰行くことになる）

ある事柄（ことがら）の決定の結果を表す。「⑩′⑰′行くことにする」は、主体による意志の決定を表す。

⑫⑳について

（動詞＋ことにする　⑫行くことにする　⑳送ることにする）

⑩⑰を参照のこと。

⑯⑱について

（動詞＋ようになる　⑯⑱泳げるようになる）

ある状態に変化してたどりついたことを表す。この場合は、ある可能な状態への変化を表している。「⑯′⑱′泳げるようにする」は、ある対象をある状態に変化させ、そこに至らせようとすることを表す。

⑮⑲について

（動詞＋ようにする　⑮来るようにする／⑲続けるようにする）

⑯⑱を参照のこと。

「なる」「する」の基本的な文型は、次のとおりである。

（名詞＋が）｛名詞＋に／イ形容詞（〜く）／ナ形容詞（〜に）｝なる

（名詞＋が）（名詞＋を）｛名詞＋に／イ形容詞（〜く）／ナ形容詞（〜に）｝する

動詞等の否定形は、その連用形（「〜なく」）に「なる」が接続する。「動詞＋助動詞」の場合は、助動詞の活用の型によって、右の文型の形に準ずる。疑問文は、「何になる／する」、「どうなる／する」等となる。

1　A　石井さんは、大学を出たら、どうしますか。
　　B　そうですね……。できれば、学校の先生になりたいと思っています。

2　A　それで仕事の方はどうなりました？
　　B　いやー、結局、会社に就職するのはやめて、教師になりました。

3　A　今日（きょう）は、外は寒いですね。
　　B　ほんとう、ずいぶん、寒くなりましたね。

4　A　ここ二、三日は、暖かくなりましたね。
　　B　ほんとうに、暖かくなりましたね。

5　A　すみません、ついでにこの机の上もきれいにしてください。
　　B　はい、今、します。

6　A　帰りが遅いので、ちょっと心配をしましたよ。
　　B　ごめんなさい。友だちと喫茶店にいて、つい、話が長くなって。

7　A　このテレビ、どうしたんです？　調子が悪いみたいだけど……。
　　B　うん、映らなくなってしまったんだ。

8　A　今日の会合、どうします？
　　B　いやあ、ちょっと行かれなくなってしまって……。

9　A　疲れましたね。少し休みませんか。
　　B　そうですね……。ビールでも飲みたくなりましたね。

10　A　いいお天気ですね。
　　B　ええ、すっかり春らしくなりましたね。

練習問題〔一〕

「なる」「する」のどちらかを、適当な形にして、（　　）の中に入れなさい。

1　A　とつぜん、病気に（　　）、入院するなんて思ってもいませんでしたよ。
　　B　一日も早くよく（　　）ください。

2　A　すみません、テレビの音、ちょっと小さく（　　）くれませんか。
　　B　ああ、ごめんなさい。どうです？　これで、小さく（　　）ましたか。

3　A　今日はこれから、どう（　　）ましょうか。
　　B　のどが乾いたんで、ちょっと何か飲みたく（　　）んですが……。

4　A　まだ起きてるんですか。
　　B　うん、考えごとをしていたら、ちょっと寝られなく（　　）しまったんだ。

5　A　あの店、ラーメンを値上げしたよ。
　　B　いくらに（　　）んですか。
　　A　三二〇円だったんだけど、三五〇円に（　　）。

6　息子の一郎が高校生に（　　）。小さいころは、よくかぜをひいて、熱を出したりしたが、今はすっかりじょうぶに（　　）、顔つきも高校生らしく（　　）きた。

7　朝に（　　）、外が明るく（　　）と、散歩に出たく（　　）た。ひとりでそっと外に出た。朝のうちは、まだ涼しいが、今日も日中は暑く（　　）だろう。ここへ来て、もう一週間に（　　）。体の調子もすっかりよく（　　）。そろそろ、論文の方もまとめなくてはならない。

追加説明　1

「〜にする」は、意志的行為として決定を表す。

1　A　お昼ごはん、何にします？
　　B　そうだな、ぼくはてんぷらにする。

2　A　いらっしゃいませ。何になさいますか。
　　B　えーと、コーヒーください。

A　ホットになさいますか、アイスになさいますか。
B　ホット。

3　A　受ける大学は、もう決めましたか。
B　ええ、所木(ところぎ)大学の法学部にしたいと思っています。

4　A　ねえ、お見舞(みま)いの花は、これにしようよ。
B　ええ、そうしましょう。

5　A　ねえ、ねえ、松井さんは、どうします。
B　そうね、やっぱり音楽会より映画にします。

練習問題〔二〕

「〜にする」を用いて、次の質問・応答の文を完成させなさい。

1　A　〔いっしょに図書館から帰ろうと思って相手にたずねて〕
そろそろ、終わり（　　　　）。
B　〔もっと勉強したいので断わって〕
すみません、もう少し勉強して、帰るのは、七時ごろ（　　　　）。

2　A　〔論文集の表紙の色を決めようと思って相手にたずねて〕
どんな色（　　　　）。
B　〔考えこんでから提案して〕
そうですね……。薄(うす)い茶色（　　　　）。

3　A〔仕事をしていて三時になったので〕ちょっと休憩（　　　）。

　　B〔相手に同調して〕ええ、そう（　　　）。

4　A〔コーヒーと紅茶とどちらがいいか相手にきいて〕コーヒー（　　　）、紅茶（　　　）。

　　B〔コーヒーにきめて〕そうですね、コーヒー（　　　）。

5　A〔お昼ごはんは何がいいか相手にきいて〕この辺は食堂が少ないんですが、洋食と和食のどちら（　　　）。

　　B〔自分の好みを説明して〕お昼は、いつもおそば（　　　）。

注　「V＋ことになる／する」、「V＋ようになる／する」については、本シリーズ2『形式名詞』の「こと」「よう」の項目を参照のこと。

追加説明　2

あるものや状態の変化した結果や到達点を表現する「なる」に関連する項目はいろいろとある。それらのいくつかの例をごく簡単に列記しておく。

1　存在の有無

(1)　お金がある／ない

(2)　用事がある／ない

2　自動詞による表現

(3)　お風呂(ふろ)がわく

(4)　火が消えている

3　自発的表現

(5)　向こうに山が見える

(6)　鐘(かね)の音が聞こえてくる

4　「Vテいる」「Vテある」の表現

(7)　ビールが冷えている

(7)′　ビールを冷やしてある

(8)　レポートはもう書いてある

5　受け身による表現

(9)　突然(とつぜん)、友だちに来られる

(10)　夜中に赤ん坊(ぼう)に泣かれる

6　敬語の表現

(11)　先生がお話しになる

(12)　先生が話される

第六章　全体的構造

談話の全体的構造は、当然、談話の単位にも関係する問題である。第二章の繰り返しになるが、南（一九八三）は、形、構造についてはっきりした特徴を示すものとして次のような談話を例にあげている。

(イ)　話しことばの場合……一回の電話、訪問者と主人側との会話、一回のスピーチ、講演・演説

(ロ)　書きことばの場合……手紙、個人文集、複数の書き手の文集、部・章・節・段落など

話しことば、書きことばとも談話としての構造のはっきりした特徴を示したり、示さなかったりするものもある。ここでは、全体的構造に特徴点な問題をごく簡単にみていく。

東京の一日見物

I ①初めての東京見物である。②友だち三人と、朝七時秋田発の汽車にのる。

II ③上野駅についたのは夜の八時三十分であった。④まずネオン・サインの光に色どられた東京の夜ぞらの美しさに目をみはった。

III ⑤あくる朝、ホテルの前で観光バスに乗った。⑥日本橋から京橋、銀座へと向かった。⑦デパートやそのほかの壮麗なビルディングが目に映った。⑧宮城の二重橋前でいったん車か

らおりてバス・ガールの説明をきいた。⑨戦後は何ごとも改めるとあって、宮城という名も皇居となったそうだが、どうも私たちには宮城のほうがしたしみやすい。⑩新宿から池袋、上野、浅草へとまわって、バスがホテルの前へついたのは夕がたに近かった。⑪かけ足のような東京見物だったが、東京の輪郭だけはわかったような気がした。

IV ⑫夕食後、買物がてら散歩に出て上野の夜景をみた。

V ⑬夜の十時、上野発の汽車にのり、あわただしい一日見物の予定をおわって帰途についた。

（滝田憲人「役にたつ文章の知識」）

この談話（＝文章）は、全体が五段落、十三文の構成である。

著者の説明によると、この五つの段落は次のように構成されている。

I　おこり……書き出し
II　うけ………書き出しの意をうけて本題にみちびく
III　はり………本題を述べる
IV　そえ………本題の補い
V　むすび……終り

必ずしも五段階でなければならないというわけでもないと、著者は断わっているが、これは、ひとつの談話（＝文章）の典型例といえよう。著者の言うとおり、さらにこの構成を縮約すれば、IIとIVを省くこともできる。

その場合は、全体的構造は、「初め（書き出し）、中ほど（本題）、終り（結び）」という三段階になる。

追加説明　1

文章の構造については、また、「起承転結」の観点からの説明がよく行なわれる。次は、永野（一九八六）のあげている例と説明である。

1　大阪本町糸屋の娘。
2　姉は十六、妹は十五。
3　諸国大名は弓矢で殺す。
4　糸屋の娘は目で殺す。

先の滝田によれば、1は「おこり」、2は「うけ」である。つまり、これが「起承転結」の「起」であり、「承」である。それが、3では大きく「転」じ、4の「結」へと向かう。永野は、3、4の「は」に着目して、（図4）のような「連接関係」を示し、また、全体の連続・展開の関係を（図5）のように図式化した。これを、また連鎖の観点からまとめたのが、（図6）である。

諸国大名は弓矢で殺す。
↕（それに対して）
糸屋の娘は目で殺す。

（図4）

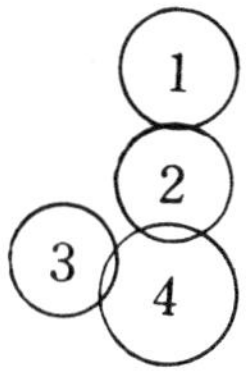

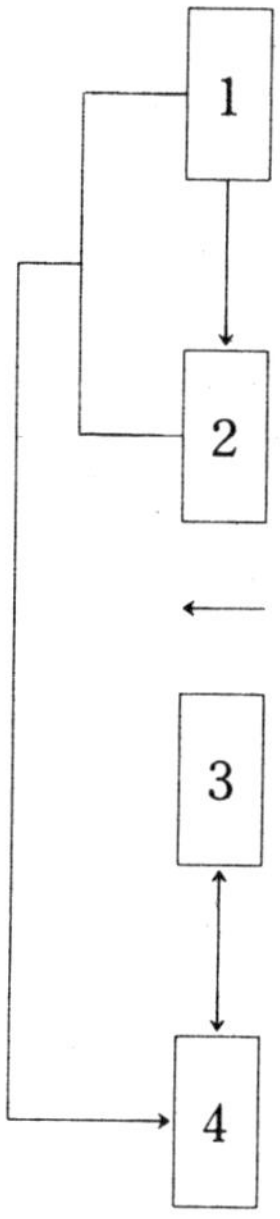

1 → 2 ← 3 ↔ 4

（図5）

1 2 3 4

（図6）

追加説明　2

また、池上（一九八三）はアメリカ・インディアンの「民話」にふれて、表現内容の型を次のようにあげている。

(イ)「欠乏」――「欠乏の解消」
(ロ)「禁止」――「違反」――「結果」――「脱出」
(ハ)「欠乏」――「課題」――「課題の解決」――「欠乏の解消」
(ニ)「欠乏」――「欺瞞」――「成功」――「欠乏の解消」

追加説明　3

物語などの文章では、文章の導入に時間の設定、場所の設定、登場人物の設定が順に行われることがある。

1　昔々、（時間軸）
あるところに（場所軸）
おじいさんとおばあさんが住んでいました。（人物軸）

2　ある春の日暮れです。（時間軸）
唐の都洛陽の西の門の下に（場所軸）
ぼんやり空をあおいでいる、一人のわか者がありました。（人物軸）

（芥川龍之介「杜子春」）

3　冬の午後四時半である。　（時間軸）
時によると恐ろしく電車の支えていることのある停留場なのに、
どうしたわけか往く車も返す車も暫く絶えてある。　（場所軸）
赤と青の旗を巻いて、きたない外套のポケットに挿した男が、
ぼんやりポストの傍に立ち竦んでいる。　（人物軸）

（森鷗外「電車の窓」）

練習問題

一　次の文章を読んで、段落を正しい順序に並べかえなさい。

1　I　これに対して、たとえば英語やインドネシア語はひじょうに多くの外来要素を内にかかえもつ言語である。英語にも、インドネシア語にもいたるところに外来要素を不消化のまま蔵している面が見受けられる。

II　ひとつは中国語やフランス語など外来要素の比較的少ない言語である。中国語は独特の音節構造をもち、そのひとつひとつを意味をもった文字で書く習慣があるので、外来語を自国語に翻訳する傾向が著しい。フランス語はかなり苦戦しながら、それでも目下努力中という面をもつ。

III　世界の大言語は、語彙の外来要素という点からみて、ふたつに大別することができると思う。

IV　したがって、この傾向はしばらく変わらないであろう。

V　日本語はやはり英語やインドネシア語型の大言語である。すくなくとも一千年以上も昔

VI　から、われわれの祖先がその道を選択し、その道をあるいてきたのである。
そうして、一方では、おおげさにいえば、今や全世界の言語が、多かれ少なかれ、英語からなにがしかの影響を受けつつあるのである。

（石綿敏雄「外来語のゆくえ」）

2

I　私たちは、それが中南米から渡ってきたことすら気づいていないのだ。

II　歴史学者の間では、近代がはじまった年代として一四九二年十月十二日という説が定着している。

III　その歴史的な意味がどれほど重要だったかは、私たちが普段、何気なく暮らしている生活の隅々にまで、中南米で生まれた品物や生活文化が浸透しているという事実からでも理解できる。

IV　その日付こそ、まさにコロンブスがアメリカ大陸を発見した日なのだ。

V　このふたつの文化の遭遇こそ、近代社会の起源だともいえる。コロンブスは、その劇的な出会いの立役者だったのだ。

VI　コロンブスの偉業をひと言でいうならば、それはヨーロッパ文化と中南米で育ち発展してきた文化を出会わせたことだろう。

3

I　とうもろこしやじゃがいも、かぼちゃ、トマト、とうがらし。

II　そのどれもが、現代のくらしに深くかかわっている品々であり、生活文化だった。

III　コロンブスは大西洋に向かって旅立った。そして合計四回の航海で、アメリカ大陸で育った多くの産物や文化をヨーロッパに紹介した。

IV　つまりコロンブスは、アメリカ大陸を発見したと同時に、中南米で生まれ育った文化の伝播者にもなったのだ。

V　そしてガム、チョコレート、タバコなどの嗜好品。

VI　現代生活にすっかり溶け込んでいる嗜好品文化のふるさと、中南米。いま私たちが忘れかけている中南米の文化が、とても懐かしく思えてくる。（2、3　日本たばこ産業株式会社）

4

I　新入社員諸君！　怖れることは何もない。地道な努力を積み重ねていれば、誰かが必ず認めてくれる。積み重ねによって大きな家が建つ。きみは、きっと大成するよ。

II　昭和二十年八月、僕は陸軍二等兵として軍隊で終戦を迎えた。非国民と言われても仕方ないが、僕は嬉しくて仕方がなかった。しかし、同時に大きなショックを受けた。それは戦争に負けたということではなかった。僕は、どうやって死ぬかという教育ばかり受けていて、どうやって生きるかについては全く無智だった。死ぬことではスペシャリストだったが、生きることでは赤ン坊同然だった。僕には生きるための土台がなかった。

III　昭和六十二年四月一日、涙ながらに、もう一度申しあげる。新入社員諸君！「此の世は積み重ねであるに過ぎない」。この日、夜になったら、大いなる羨望と大いなる期待をこめて、一人で静かにサントリーウイスキーを飲もうと思っている。（おめでとう。乾盃！）

IV　さて、新入社員諸君。会社員としての僕は、先輩や同僚から一発屋と言われるようになった。感性と言えば聞こえはいいが、勘に頼って生きるしか手立てがなかった。土台が無いんだから……。

V　会社員が定年退職する年齢になって、やっとこんな単純な真理を体得したということは、僕の生涯の痛恨事である。

VI　去年の秋、僕は満六十歳になった。還暦である。六十年間生きてきて、知り得た真理が一つだけある。それは「此の世は積み重ねである」ということだ。煉瓦を一つずつ積み重ねていって家を建てる。この人生も、それと同じことだということがわかった。

（山口瞳「大いなる羨望と大いなる期待」）

二　次の事柄を自分の経験談として、イ～ニの談話スタイルで書き分けなさい。（細部を自分の考えで補ってもよい）。

十一月三日。今日は文化の日で大学は休みだった。寮の友だちと浅草へ遊びに行った。朝からとてもいい天気だった。まず、お寺へ行って、それから町を歩いて、おみやげ品を買った。これは、妹に送ってあげるつもりだ。写真もいろいろとった。帰りに、友だちとビールを飲んで、かんぱいをした。

イ　妹に電話する。

ロ　大学で友だちに話す。

ハ　日記に書く。

ニ　文集にのせる作文にする。

第七章　総合問題

一　（　）の中に「は」「が」のどちらかを入れなさい。

1　自分の暮らし方と他人の暮らし方の違いについて、日本国民二、三〇七人を対象に行なわれたアンケート調査によると、「他人と違っているほう（　）個性的でいい」という人（　）十二％、「他人と違っていると気になる」と答えた人（　）十五％と少ないのに対し、「他人と違っていても気にならない」という割り切った考えを持っている人（　）六八％と多数を占めている。

都市規模別でみると、「他人と違っていても気にならない」（　）都市規模（　）大きくなるほど多くなる傾向にあり、東京都区部で（　）八割近くいる一方、「他人と違っていると気になる」（　）周囲の目を気にし、他人の暮らしぶりとの比較（　）容易な町村で多くなっている。

2　大量生産、大量消費の時代に（　）画一的な商品（　）提供され大衆消費（　）なされていたが、近年の消費生活で（　）それに飽きたらず多様化、高級化（　）進展したといわれている。そこで暮らし方や身の回りに置く品物について、自分の好みを持っているかを聞いたところ、「好みを持っている」と答えた者（　　）五五％と半数を超え、「特に好みを持っていない」四三％を上回っている。

「好みを持っている」者（　　）、十一大都市や人口十万以上の市に住む大都市住民に多く、男性（五〇・三％）より女性（五八・〇％）の方で多くなっている。

性・年齢別で（　　）、「好みを持っている」（　　）男女共に若年齢層になるほど多く、「特に好みを持っていない」（　　）高年齢層になるほど多くなっており、「好みを持っている」（　　）「持っていない」を上回っているの（　　）、男性で（　　）三十代まで、女性で（　　）四十代までとなっている。

男性（　　）消費に対して経験（　　）乏しく、好みを持たない人（　　）多いと考えられてきたが、十代、二十代で（　　）女性の水準に迫っており、今後（　　）男性も好みを持つようになるのではないかと予想される。

3　—衣服や家具などの生活用品についての情報を主として何から得ていますか。

—生活用品についての情報源（　　）、「テレビ」、「チラシ・パンフレット」、「新聞」をあげた者（　　）それぞれ過半数で多く、以下「友人・知人」、「商店街の店頭」、「月刊誌・週刊誌」などの順である。

「テレビ」（　　）男女差（　　）なく最も多いが、「新聞」（　　）男性の方で多く、「チラシ・パンフレット」、「友人・知人」、「商店街の店頭」などの身近なメディア（　　）女性の方で多くあげられている。

（1～3　総理府広報室編「日本人のライフスタイル」）

4　多摩動物公園駅で降りたら公園の入り口を素通りして左の方角、山の方へ山の方へと歩いて下さい。しばらく歩くと右手に立派な陸上競技場（　）見えてきます。サッカー場にテニスコート、野球場まで（　）山の中に登場するのです。

5　もしあなた（　）大学生なら、できるだけたくさんの優をもらって卒業し、一流企業に何としてもはいり、上司と（　）喧嘩せず、すすめられるままに結婚し、早めに退職金を前借りして、山梨か群馬、栃木あたりの「○○野」とか「××台」といった谷あいの雑木林の中にある分譲住宅をさがし、両親に頭を下げて頭金を借り、銀行に頭を下げてローンを頼み、子供（　）二人以上つくらず、家具（　）クレジットで揃え、夫（　）会社までの長い道のりを週刊誌と共に過ごし、妻（　）カルチャーでひまをつぶしつつ、これから先の長い返済の日々を文句も言わず続けていく覚悟を。

（4、5　如月小春「都市の遊び方」）

二　（　）の中に、「は」「が」「も」のどれかを入れなさい。

1　きこり（　）、きょう（　）山で木をきっていました。かあんかあんと、おのの音（　）こだまします。

ところが、きこり（　）うっかりして、だいじなおのを深い沼に落としてしまいました。

「こまったなあ。おの（　）なくては、しごと（　）できないし、しごとをしないと、くらしていけないし。」

きこり（　）、とほうにくれて、沼のみちに立っていました。

すると、水の中から女神様（めがみさま）（　）姿をあらわしました。

（「きんのおの」『イソップのお話』）

2　かめ（　）、きょう（　）空を見上げて、ひとりごとを言いました。

「鳥さん（　）、いいなあ、空が飛べるんだもの。ぼく（　）、飛んでみたいなあ。広い空を自由に飛べたら、どんなに愉快（ゆかい）だろう。」

かめ（　）、住みなれた沼（ぬま）（　）、水にもぐるの（　）、地面をはいまわるの（　）あきてしまいました。つくづくいやになりました。

「なんとかして、鳥さんのように空を飛んでみたいものだ。」

かめ（　）、むちゅうになって、そのことばかり考えていました。

（「空を飛んだかめ」『イソップのお話』）

三（　）の中に、「は」「が」のどちらかを入れなさい。また、□には、「こそあど」語を入れなさい。

1　在東京の大使館の住所リストを調べてみた。□[a]を見ると、各国の大使館（[1]　）幾（いく）つかの地域にまとまっていること（[2]　）がわかる。

まずは港区。赤坂周辺に（[3]　）、霊南坂（れいなんざか）脇に米国大使館、青山通りの近くに（[4]　）カナダ、東独など。六本木に（[5]　）エチオピア、スペイン、スウェーデン。麻布台（あざぶだい）に（[6]　）ソ連大使館、南麻布（みなみあざぶ）にスイス、ノルウェー、西独、フィンランド、フランス、イラン、大韓民国（だいかんみんこく）。三田にオーストラリア、イタリア、クウェート。芝公園（しばこうえん）にオランダ。この他にも港区に（[7]　）やたら大使館が多い。そしてそれら大使館に囲まれるようにして、港区の中心に位置するの（8　）、[b]□、外人（9　）多いことで有名な街、麻布（あざぶ）十番なのである。

（如月小春「都市の遊び方」）

2

タイプライターが打てるというの（1　）、一分間に五語ぐらいを雨だれ式に打つというのではなく、一分間に三十語や四十語を打てるということである。そろばん（2　）、ゆっくりならだれでもできる。そろばん（3　）本当にできるといえるのは、それ相当のスピードで使えることである。

[a]□とまったく同じようなこと（4　）、外国語の学習についてもいえる。英語が読めるといえるために（5　）、新聞の記事を一つ読むのに二時間も三時間もかかっていてはだめで、多くかかっても五分ぐらいで読めなくてはならない。英語が書けるというの（6　）、英文の手紙を便せんに二枚ぐらい書くのなら、せめて一時間ぐらいで書けることである。英和辞典をたよりに一晩もかかったというので（7　）、英語が書けるとはいえない。語学の学習にはいつでもスピード（8　）ともなうのである。

もう一つ近ごろ私が気にしているの（9　）、改まった言い方とくだけた言い方、ふつうの表現と俗語的な表現というような区別である。

英語（10　）母国語ではないのだから何とか言えればよいというの（11　）、もう一昔前（ひとむかしまえ）の言語観である。国際交流が現在のように盛んになってきたので（12　）、上のようなことを考えないわけにはいかない。英語を読んだり話すとき（13　）、単語や音節を一つ一つはっきり発音するのではなく、強弱のリズムをつけて発音しなくてはならないというのが今や常識になっている。[b]□と同じように英語での表現法を教えるときに（14　）、[c]□がどんなレベルの表現なのかを考えて教える必要がある。［　］d ことをいい加減にしていると、いずれは日本人の英語はごう慢不遜であるなどということにもなりかねない。おたがいに心して、［　］e 問題にどう対処したらよいかを考える時機が来ているようである。

（羽鳥博愛「語学教育の盲点」）

四　（　）の中に、「は」「が」のどちらかを入れなさい。また、［　］には適切な接続語句等を、〔　〕には「こそあど」語を入れなさい。

世界各国の大都市の中に（1　）、海や川に接して開けた場所（2　）幾つもある。ニューヨーク然り、ロンドン、パリ然りである。［　］a 東京もまた、〔b　〕の都市と同様の水の街である。［　］c〔d　〕ことを多くの人（3　）忘れている。関東ローム層の赤土を切り崩してつくられた人工的な街ばかり（4　）もてはやされて、東京の原点である水辺の街（5　）忘れられている。江戸川、中川、荒川、隅田川、多摩川という五つの川（6　）東京の飲料水と交通を支えて来たにもかかわらず、だ。［　］e 逆に湾岸の風景に接すると、ふだん私たち（7　）消費社会の末端に生きて、目先の賑わいに我を忘れているかを教えられる。たしかに湾岸（8　）流通の窓口である。ここに（9　）日本中、世界中からの素材や商品（10　）コンテナで届けられる。〔f　〕は巨大な倉庫に集められたあと、梱包され、トラックに乗せられる。近くに（11　）中央区や千代田区といった、行政、立法、天皇制など概念で武装する街（12　）あり、物を満載したトラック（13　）〔g　〕を抜けて二十三区へ、都下へ、首都圏の住宅街へと走るのだ。湾岸に（14　）、〔h　〕昔（15　）平坦な草地にすぎなかった東京に住みついた一二〇〇万ともいわれる人間の活力を支えるモノたち（16　）寄留している。

（如月小春「都市の遊び方」）

五　（　）の中には、「は」「が」のどちらかを入れなさい。また、［　］には適切な接続語句等を、〔　〕には「こそあど」語、また〈　〉には「いく」「くる」のどちらかを入れなさい。

東京のハイウェイといえば何といってもまず〔　〕[a]悪名高き首都高速道路である。なぜ悪名高いかといえば、高速のくせに渋滞（　）[1]多くて、一般道路を走った方（　）[2]早い、なんてこと（　）[3]しばしばあるからだ。［　］[b]、何かの拍子に空いていたりすると、〔　〕[c]はもう快楽の極みである。郊外から都心に向けて飛ばして来ると、都心の高層ビル（　）[4]ぐんぐん近付き、カーブに次ぐカーブ、そのたびに新たな風景（　）[5]眼前に迫る。〔　〕[d]ほど美しく楽しいジェットコースター（　）[6]ない、と思えて〈　〉[e]のである。

上を走るのも楽しいが、外から見るのも面白い。ビルという垂直のベクトルに伸びた風景を、真横に突っ切って〈　〉[f]高速道路、中空に大きな弧を描いて左右に分かれゆくインターチェンジ。夜には道の両サイドの照明（　）[7]二列に続いていて星の道になる。高速道路（　）[8]出来て東京の風景は大きく変わった。横の移動のライン（　）[9]登場したことでより立体的になり東京という都市（　）[10]、ダイナミズムのある工芸品へと変貌したのである。

地図を広げてみよう。空虚な中心、皇居の周りを回る環状線から八方に手（　）[11]伸びた形、まるでヒトデ（　）[12]身をくねらせたようだ。丸の内、霞が関から、新宿、池袋と、飛び石状の重要ポイントを結んだら〔　〕[g]なってしまったのだ。一点集中型ではなく、とりちらかし型の東京という都市を、移動のラインでカバーしようとすると、〔　〕[h]なってしまう。しかし〔　〕[i]（　）[13]面白い。機能優先の都市計画によりつくられた都市に（　）[14]ない、予想外の風景をつくり出してしまう面白さだ。（j　）いった意味で、首都高速こそ（15　）きわめて〝東京的〟な存在だといえるだろう。整理不可能な（k　）都市の上に真っ直ぐな線を引こうという方がどだい無理。場当たり的に道路をつくってしまうしかない。ほとんど強引でやたら無節操。だからこそ楽しい。道路公団の方に（16　）失礼にあたるかもしれないし、また、日夜渋滞の中で溜め息をついている輸送業の方にも申し訳ないけれど、（l　）（17　）ホメ言葉である。私（18　）今の首都高（19　）好きだ。

（如月小春「都市の遊び方」）

六　次は、「負けおしみ」というイソップ物語です。狐が主人公です。「狐」という言葉をくどく入れてあるので、省略できるものには○、省略できないものには×を付け、それぞれ理由を言いなさい。

[1]狐が、ぶどうを見つけました。

よくうれて、おいしそうなぶどうです。[2]狐は、舌なめずりをしていいました。

「どれ、ごちそうになろうかい。」

[3]狐はぴょんと、とびあがりました。

ところが、[4]狐は、とどきません。なんべんやっても、だめです。骨折りぞんのくたびれもうけで、[5]狐はへとへとになりました。りすやうさぎやこぐまが、くすくす笑っています。

「なあに、このぶどうはね、まだすっぱくて食べられないのさ。」

[6]狐は、こんな負けおしみを言って、もどっていきました。

みんなは、大笑いをしました。

1 （　　）（　　　　　　）
2 （　　）（　　　　　　）
3 （　　）（　　　　　　）
4 （　　）（　　　　　　）
5 （　　）（　　　　　　）
6 （　　）（　　　　　　）

七　次は、太宰治（だざい）の「走れメロス」という小説の一部分です。傍線（ぼうせん）——、……を付けた部分には、小説中にあらわれない語句が含（ふく）まれています。省略できると思うものを番号で答えなさい。

歩いているうちにメロスは、[1]町のようすを怪（あや）しく思った。[2]町は、ひっそりしている。もうすでに日も落ちて、[3]町の暗いのはあたりまえだが、けれども、なんだか、夜のせいばかりではなく、[4]町全体が、やけに寂（さび）しい。のんきな[5]メロスも、だんだん不安になってきた。[6]町の道で会った若い衆（しゅう）をつかまえて、なにかあったのか、二年前に[7]この町にきたときは、夜でもみんなが歌をうたって、[8]町はにぎやかであったはずだが、と質問した。[9]若い衆（しゅう）は、首をふって答えなかった。

[10]メロスは、しばらく歩いて[11]老爺（ろうや）に会い、こんどはもっと、語勢を強くして[12]老爺（ろうや）に質問した。[13]老爺（ろうや）は答えなかった。[14]メロスは両手で[15]老爺（ろうや）のからだをゆすぶって[16]老爺（ろうや）に質問をかさねた。[17]老爺（ろうや）は、あたりをはばかる低声で、わずか答えた。

「王さまは、人を殺します。」

八　次は、夏目漱石の「坊ちゃん」という小説の始まりの部分です。一人称の形で書かれています。傍線部分で省略できると思うものを番号で答えなさい。

[1]わたしは、親ゆずりの無鉄砲で[2]わたしの小供の時から損ばかりしている。[3]わたしは、小学校にいる時分学校の二階から飛び降りて一週間ほど腰を抜かしたことがある。なぜ[4]わたしがそんなむやみをしたと聞く人があるかもしれぬ。別段深い理由でもない。[5]わたしが新築の二階から首を出していたら、同級生の一人が冗談に、いくらいばっても、そこから飛び降りることはできまい。弱虫やーい。とはやしたからである。[6]わたしが小使いに負ぶさって帰った時、おやじが大きな眼をして二階ぐらいから飛び降りて腰を抜かす奴があるかといったから、[7]わたしはこの次は抜かさずに飛んで見せますと答えた。

九　次の文章中の「服装」という言葉、またそれに関連する語句に傍線をひきなさい。

最近は服装のことがやかましく言われなくなったせいか、だれもがじつにいろいろな服を着ている。「服装はたいせつな商売道具」といわれる営業マンのなかにも、ちょっと驚くような服装をしている人が少なくない。

当然、若い人たちほどこの傾向が強い。

グレーのスーツばかり着ていて個性がないと言われ続けた日本人にとって、これはこれでいいことだと思うのだが、発表するときには、こうした考えは通用しないと考えたほうがいい。

いうまでもなく発表の場ではいやでも、多くの視線を浴びることになる。服装は発表する内容に関係ないわけだが、聞き手にとっては、その人の印象なり、人となりを読み取るための色めがねにするのは間違いない。まさかGパンにTシャツ姿で発表する人はいないが、その場に無理なく融け込める服装ならなんでもいいはずである。いいものを着る必要はなくて、清潔感のあるものなら問題はない。

服装の心配は、発表が始まったら、すべて忘れられるようにしておくことが理想だろう。そのためにも、発表直前でもいいから、鏡の前に立って、もう一度点検するクセをつけたい。

（日向茂男「発表する技術」）

一〇　次の文は、表現形式が不整合であったり、言おうとしている意味・内容がつかみにくかったりする。補筆して整合性のある、また意味の通る文(章)にしなさい。

1　わたしが思うには、一部の大学生の中にはやる気のない学生も見受けられますけど、やはり、大学生である以上、なぜ大学まで進学したのかを真剣に考えて、自分のゼミの勉強なり、クラブ活動なりに真剣に打ち込むべきだと思います。

2　友子さんがいっしょに映画に行こうというので、「どんな映画？」ときいたら、それは、わたしも見たかった映画なので、それに大学の授業もなかったから、行くことにしようかな、と思ったら、別の約束があるのを思い出しました。

3　今度の計画についてですけれど、なかなかよく考えてあるとは思うのですけれど、ただ自分としては、二つ三つ意見を言わせてもらうことになるのですけれど、まず、第一に基本的なコンセプトの問題で、先進性と大衆性の概念がいっしょになってしまっているというようなところがあると思われるのですけれど、それについては、どうお考えですか。

4　わたしは早く旅行を楽しみに待っています。

5　三田さんはとてもやさしく、大学生で、よく勉強をして、時々いっしょに私もコーヒーを飲みます。

6　朝からとても暑く、体の調子ももうひとつで、新聞を読んだり、ラジオを聞いたりして、あまり勉強しない午後だった。

二　次の文章を読んで、以下の文の内容がその記述と一致する場合には○、そうでなければ×を付けなさい。

昭和十二年生まれの私ですから、戦争が終わったのは小学二年の夏休みでした。空襲の始まった東京を逃れて、熱海の祖母の家に疎開していたのですが、戦争が終わっても、非道い毎日はいつまでも続いたのです。

食べる物といったら、この頃のように美味しいのではなく、アルコールを採るために量産された薩摩芋ぐらいのもので、布で作ったボールと木を削った手製のバットを持ち寄って、野球をするぐらいしか楽しみがありませんでした。

いくら五十歳の私が、その頃の悲惨な様子と、貧しく飢えていた日本を、これでもか、と書いたところで、若い方達には想像のつくようなこととも思えませんから、もういい加減で止めましょう。

とにかくそんな具合でしたから、昭和二十五年に中学校に入っても、野球とラグビー靴や道具を買ってもらうのがやっとでした。

両親にしても、食べていくのが精一杯でしたから、今から思えば、そんな暮らしの中で、よくプロ野球にまで連れていってくれたものだと、有り難さに胸が熱くなります。

おませで出鱈（たら）目だった私は、中学二年生の冬頃になると、もうすっかりぐれてしまって、憧れの博奕（ばくち）打ちになる修業を始めたというのです。

まだその頃は、東京の盛り場でも裏の通りだと、空襲の焼け跡がそのままで、基礎だけ残っている空き地に、月に向かって水道管だけ立っていて、その先に付いている蛇口が、お辞儀をしているか、首をうなだれているように見えました。

ぐれなくても、まだ戦争の深い傷が残っていたその頃ですから、遊園地とは御縁なんかなかったのに違いありません。

それからというものは、我ながら本当のことだったのか、と思うほどの大変な年月が過ぎて、昭和三十六年に、私は五年の執行猶予の身を隠すと、日本航空のスチュワードに潜り込んだのです。

乗務でロサンジェルスに飛んだ私は、生まれて初めて遊園地に行ったのですが、その時、もう二十四歳になっていました。

そのディズニーランドの楽しさと素晴らしさは、私の想像と期待をはるかに超えていて、その歳になるまで、知らずに過ごしてしまった戦争と、それに続く自分の愚かな選択を、つくづく恨めしく思ったのです。

（安部譲二「大人になって知った遊園地の素晴らしさ」）

1（　）「私」は昭和十二年生まれだから、戦争が終ってから生まれた。

2（　）戦争が終わったのは、大人になってからである。

3（　）戦争が終わってからは、いい時代が来た。

4（　）その頃の悲惨な様子と貧しく飢えていた日本については、若い人達には想像がつかない。

5（　）食べる物が少ない戦争のあとでも、工夫(くふう)して野球の練習をしていた。

6（　）中学生になったら、野球の道具など買ってもらえた。

7（　）両親はプロ野球に連れていってくれなかったので、くやしかった。

8（　）「私」は、中学二年生のころ、おませで、でたらめだったので、すっかりぐれてしまって、ばくちうちになろうとした。

9（　）「私」が中学二年生のころの東京は、空襲(くうしゅう)の焼(や)け跡(あと)は、もう残っていなかった。

10（　）「私」は中学二年生のころ、よく遊園地で遊んだものである。

11（　）執行猶予(しっこうゆうよ)というのは、外国に行くことである。

12（　）「私」は中学生の頃(ころ)、ロサンジェルスの遊園地に行ったことがある。

13（　）ディズニーランドは、楽しいところだった。

二　次の文章を読んで、問いに答えなさい。

[1]ソ連民間[2]航空の[3]TU一一四は、[4]雲海(うんかい)の上を粘(ねば)り強(づよ)く[5]飛びつづけていた。[6]ハバロフスク[7]空港を[8]発(た)ってから、もう六時間はたっぷり[9]飛んだだろう。

私にとっては、ついてない[10]空の旅だった。厚い[11]雲海(うんかい)にさえぎられて、[12]シベリアは完全にその顔を隠(かく)している。わずかに見えたのは、[13]離陸(りりく)後に[14]急上昇(きゅうじょうしょう)する[15]翼(つばさ)をかすめて光った[16]ウスリー江(こう)ぐらいのものだ。

[17]乗客の[18]半数は[19]日本人だった。[20]横浜からずっと一緒(いっしょ)にやってきた[21]連中である。緑色の軍帽(ぐんぼう)をかぶ

った[22]ソ連の[23]上官や、[24]家族連れの[25]ロシア市民たち、それに馬鹿におとなしい[26]アメリカ人の[27]旅行者も[28]数人いた。チェスを指しているのもいたし、酒を飲んでいるのもいた。[29]後席の百キロはありそうな[30]ロシア女は、爆音に負けない堂々たるいびきを周囲に響かせている。

（五木寛之「さらば　モスクワ愚連隊」）

一　1～30の語(句)の関連性を次の三つに大別した場合、それぞれに該当する語(句)の数字を書きなさい（ダブるものがあってもかまわない）。

1　固有名詞の関連性に注目

（　　　　　　　　）

2　飛行に注目

（　　　　　　　　）

3　乗客に注目

（　　　　　　　　）

二　全体の内容を五十字以内にまとめなさい。

一三　次の文章の下線部に注意しながら、全体の大意をつかんで（一語一語にこだわらずに）訳しなさい。

1　英語→日本語（模範解答は、次の2）

Moscow River is known to attract far more anglers than all the fish swimming in it put together.

A man accidentally falls into the river and is drowning.

An angler nearby sees him. He takes a dive into the cold water and rescues the drowning man.

The rescued man blurts out lengthy words of thanks, pledging that he will never forget the kindness.

But the angler apparently isn't interested in what he is hearing.

Looking irritated, he interrupts:

"Comrade, just tell me if you saw any fish in the water."

2　日本語→自国語（解答例なし）

モスコー河は魚より釣師の数のほうが多いという評判の河であるが、そこに一人の男が落ち、アップアップ、もがいている。さっそくその近くにいた釣師が竿を捨ててかけつけ、ザンブととびこんで助けてやる。助けられた男は全身ズブ濡れでブルブルふるえながらも、くどくど、あなたは命の恩人ですとか、この御恩は一生忘れませんなどと、誓いをたてにかける。釣師は聞く耳持たず、いらいらした顔つきで、

「そんなことより」

という。

「魚がいたか、いなかったか。それだけ教えてくれや」

3　英語→日本語（模範解答は、次の4）

A Brazilian died and was summoned to Heaven, which he found quite different from where he had spent his lifetime. Everything about Heaven was nice and clean—in fact, *too* nice and clean. The Brazilian quickly became bored stiff.

Determined to do something about his boredom, he walked to the edge of Heaven one day and looked straight down into Hell. Hell certainly looked different from where he was. In one corner of Hell, he saw a man sitting on a comfortable sofa, watching the television and sipping a drink. A woman sat by his side.

4　日本語→自国語（解答例なし）

ブラジルの紳士（しんし）が天国へ召（め）された。そうしたところが、退屈（たいくつ）で退屈（たいくつ）でしょうがない。まことに結構なんだけれども、結構ずくめというのもどうしようもないので、あくびばかり出る。それで、天国の端（はし）に歩いて行って下を見下ろすと、地獄（じごく）は熱いやら、煙たいやら、血が流れるやら、わめくやらで、えらいにぎやかで、面白そうに見える。その地獄（じごく）の隅（すみ）っこのほうで一人の男が椅子（いす）に腰かけて、テレビを見て、酒を飲みながら、横に女をひきつけている。（開高健「食卓は笑う」）

語彙索引

用語索引

著者紹介

日向茂男（ひなた・しげお）

1967年東京都立大学国語国文学科卒業。73年オーストラリア・ヴィクトリア州立モナッシュ大学大学院修了(M. A.)，ブラジル・サンパウロ州立大学客員教授，国立国語研究所日本語教育センター室長を経て，現在，東京学芸大学助教授。論文に「発表の工夫」,「日本語教育映画におけるテクストと文法の問題」「日本語における重なり語形の記述のために」他。著書に『発表する技術』(ごま書房）がある。

日比谷潤子（ひびや・じゅんこ）

1980年上智大学外国語学部フランス語学科卒業。82年同大学院外国語学研究科言語学専攻博士前期課程修了，文学修士。88年ペンシルベニア大学言語学博士。現在，慶応義塾大学専任講師。著書に 'A Statistical Analysis of (g) in Tokyo Japanese,' (*Proceedings of the N-WAVE XIII Conference*), 'The Discourse Function of Clause-Chaining' (共著 *Clause Combining in Grammar and Discourse*, John Benjamins),「社会言語学」(共著,『海外言語学情報』3，大修館書店）他がある。

NOTES

NOTES

NOTES

NOTES

NOTES

外国人のための日本語
例文・問題シリーズ16
『談話の構造』練習問題解答

第二章　談話の単位と主題

〔一〕一　1 ○　2 ○　3 ○　4 ×　5 ×　6 ○　7 ○　8 ×　9 ○　10 ○　11 ○　12 ×　13 ○　二　1 ③②①⑤④　2 ③②④⑤⑥①　3 ②④①③　4 ⑤①②③④　5 ③①②⑤⑥④　三　1 主題について論述していない。　2 同じ情報の繰り返しが多過ぎる。主題について論述していない。

〔二〕の(1)　1 おふろはわいている。　2 ビールはひやしてある。　3 この動物園にはパンダがいる。　4 夏子はとてもピアノは上手だ。　5 町田さんにはプレゼントをあげなかった。　6 町田さんにはプレゼントはあげなかった。　7 あしたは大学で展覧会がある。

〔二〕の(2)　1 わたしも　2 わたしは、ビールも　3 お天気も　4 映画でも　5 社会のしくみとは　6 あの人こそ　7 オーストラリアといえば　8 伊藤さんなら

第三章　卓立性の問題

〔一〕の(1)　一　1 ×　3 人は|↓×　4 雪は|↓×　5 かさばらないものは|↓×　6 ×　7 南アフリカ機は|↓×　9 人は|↓×　10 主張は|↓×　12 方は|↓×　13 ケチは↓×、ことは|↓×　二　1 は、は、が、が、は、が、が、は、が　2 が　3 が、は　4 は、が、は、が　5 は

〔一〕の(2)　一　1 兄にはまだです。　2 天ぷらは苦手です。　3 二階はちらかっています。　4 京都は寒かったです。　5 九時過ぎには帰っています。　二　が、が、は、は、は、は、は、が、は、は、が、は、は

〔二〕一　1 もらい　2 やった　3 あげたり　4 くれた、あげ　5 くれ　二　1 もらった、あげる、もらい　2 やっ　3 やり　4 あげない、くれ　5 くれ、もらい　三　1 この和英辞典は私が山本さんにもらいました。　2 留学生のパクさんは、先輩のキムさんが帰国する時に(キムさんに)家財道具をもらいました。　3 いいえ、スミスさんに書いてもらったんですよ。

4 犬が私にえさをもらいました。 5 田中さんは山本さんが昨日お父さんにもらった本を(山本さんに)もらいました。 6 兄は母に学費として十万円もらった。

〔三〕 一 1 A学校 B学校 2 Aホテル B会社 二 1 きた 2 いく 3 きた 4 くる 5 くる 6 いく 7 いった 8 きた 9 きた 10 いって

第四章 結束性の問題

〔一〕 一 1 その 2 この、あの 3 あの、この、あの 4 その 5 その、この 6 この 7 この、あの 8 その 二 1 これ 2 これ、あれ 3 それ 4 それ 5 それ 6 あんなに

〔二〕の(1) 一 あれは 2 B木村先生は 3 Bきのうの夜は、テレビを 4 B会議は 5 Bこのあたりは、冬は、スキー客が 6 (冒頭以外の)私は、私は 7 (冒頭以外の)友子さんは、友子さんは 8 (冒頭以外の)今日は、今日は 9 (最初の「メロスは」を除いた)メロスの、メロスは、メロスは 10 (冒頭以外の)私は、私は、私は、私は、私は 二 1 山田さんです。 2 美術館です。 3 今月の末です。 4 幸町二丁目です。 5 美術の本です。 6 六時ごろです。 7 石田さんです。

〔二〕の(2) 1 その泥棒は 2 それは 3 小林さんは 4 長崎は 5 友だちは 6 喫茶店Kは、喫茶店Kは、小泉さんは 7 その若い女は、その、その少年は 8 昼食は 9 ありたちは 10 戦争は、戦争は

〔二〕の(3) 1 これは 2 それは、辞書 3 わたしは 4 わたしは、経済学部には、鈴木先生は、鈴木先生は、鈴木先生は、鈴木先生は 5 (二番目の)わたくし 6 わたしの、わたしのうちに、わたしたち

〔二〕の(4) 1 ソファーにすわるようにすすめている。 2 あした何をするかきいている。 3 あしたゴルフに行くのをことわっている。 4 意見をもとめている。 5 意見を述べるといっている。 6 はやく出かけるようにいっている。 7 パーティーに参加しなかったとこたえている。 8 いつで

も訪ねていくとこたえている。9　ケーキは食べないといっている。10　外は寒かったといっている。

〔二〕の(5)　1　わたくしは、お忙しいところを|　2　わたしは|　3　かばんは、書類を|　4　用事が、映画を|　5　おふろが、たばこを|　6　さいふを|　7　お名前を|

〔三〕　一　解答例なし　二　I　大きな魚　①②④⑦⑩　II　小さな魚　③⑥⑧⑨⑫　III　魚一般　⑤⑪

〔四〕　一　1　b、c、c、b、c、a、c、a、a、b、c、a、c、b、c、a　2　b、c、b、a、c、a、b、b、b、a、a、a、a、b、b、b、b　二　c、a、b、c、c、a、a、c、c、c、a、b、a、c、a　A　どうして　B　なぜ　C　なぜ　D　何　E　どうして

第五章　「なる」「する」の表現

〔一〕　1　なって、なって　2　して、なり　3　し、なった　4　なって　5　なった、なった　6　なった、なって、なって　7　なって、なる、なっ、なる、なる、なった

〔二〕　1　にしませんか、にします　2　にしますか、にしましょう　3　しませんか、しましょう　4　にしますか、にしますか、にします　5　にしますか、にしています

第六章　全体的構造

一　1　III　II　I　V　VI　IV　2　VI　V　III　I　II　IV（別解　II　IV　VI　V　III　I）　3　III　I　V　II　IV　VI（別解　III　II　IV　I　V　VI）　4　VI　II　IV　I　V　III（別解　VI　V　II　IV　I　III）　二　イ　**私**　もしもし、花子？　わたし。元気？　**妹**　うん。**私**　今日ね、寮の友達と浅草行ったのよ。**妹**　大学休みなの？　**私**　何言ってるの、文化の日じゃない。**妹**　ああ、そうか。そっち天気どう？　**私**　朝からいい天気よ。**妹**　で、どこまわったの？　**私**　地下鉄で行ったんだけど、最初にお寺見て、それから町歩いて買物して……。あなたにもおみやげ買ったから送るわ。**妹**　何、何？　**私**　ひみつ。届いたらわかるわよ。写真もとったから、一緒に送るね。**妹**　うん。**私**

で、夜はね、ビール飲んできたの。妹 あ、そう。 ロ（十一月四日に） 友 昨日どうした？ 私 寮の友達と浅草行ったの。天気良かったし。友 ふーん。何か買った？ 私 うん、まずお寺見たんだけど、それからね、妹におみやげ買った。友 ああ、そう。私 写真とったから、できてきたら持ってきて見せるね。そうそう、帰りにビール飲んだんだけど、けっこうきれいなところだったから、今度一緒に行かない？ 友 行く、行く。 ハ 十一月三日（文化の日）快晴。寮の友達と浅草へ。浅草寺。仲見世。妹にべっこうのくしを買う。新しいカメラで写真を二十四枚とった。帰路ビアホールで乾杯。 ニ 文化の日に寮の友達と浅草へ行った。地下鉄を降りて、まず浅草寺へ。それから仲見世をぶらぶら歩いてまわり、妹にべっこうのくしを買った。宅急便で送れば、すぐ着くだろう。帰りにビールを飲み、のどをうるおした。（イ、ロは女性の場合）

第七章 総合問題

一 1 が、は（が）、は（が）、は、は、が、は、は、が 2 は、が、が、は、が、が、は、は、は、は、が、は、は、は、が、が、は、は 3 は、が、は、が、は、は 4 が、が 5 が、は、は、は、は、は

二 1 は、も、が、は、が、が、は、が 2 は、も、は、も、は、も、も、も、は

三 1 a これ b あの 1 が 2 が 3 は 4 は 5 は 6 は 7 は 8 が 9 が 2 a これ b これ c それ d この e この 1 は 2 は 3 が 4 が 5 は 6 は 7 は 8 が 9 は 10 は 11 は 12 は 13 は 14 は

四 a そして b これら c しかし d この e しかし f それ g そこ h その 1 は 2 が 3 が 4 が 5 が 6 が 7 が 8 は 9 は 10 が 11 は 12 が 13 が 14 は 15 は 16 が

五 a あの b しかし c これ d これ e

くる　f　いく　g　こう　h　こう　i　これ　j　こう　k　この　l　これ　1　が　2　が　3　が　4　が　5　が　6　は　7　が　8　が　9　が　10　が　11　が　12　が　13　が　14　は　15　は　16　は　17　は　18　は　19　が

六　1　×　新情報が焦点だから省略不可。2　×　主題がぶどうから狐に変ったので省略不可。3　○　同じ主題なので省略可。4　○　3に同じ。5　○　3に同じ。6　○　3に同じ。

七　2、3、4、6、7、8、12、14、16

八　2、3、4、5、6

九　服装、服、服装、服装、グレーのスーツ、服装、Gパンに Tシャツ、服装、いいもの、清潔感のあるもの、服装

一〇　1　一部にはやる気のない大学生も見受けられますけど、わたしは、やはり、なぜ大学まで進学したのかを真剣に考えて、自分のゼミの勉強なり、クラブ活動なりに打ち込むべきだと思います。　2　友子さんがいっしょに映画に行こうというので、「どんな映画?」ときいたらわたしも見たかった映画でした。ちょうど大学の授業もなかったから、行くことにしようと思ったら、別の約束があるのを思い出しました。　3　今度の計画について言いますと、なかなかよく考えてあるとは思うのですけれど、二つ三つ自分の意見を言わせてもらいます。まず、基本的な問題で、先進性と大衆性の概念がいっしょになってしまっていると思われるのですが、それについてはどうお考えですか。　4　わたしは早く旅行の日が来ればいいと、楽しみに待っています。　5　三田さんは、とてもやさしくて、よく勉強する大学生です。時々私もいっしょにコーヒーを飲みます。　6　今日は朝からとても暑く、体の調子ももうひとつだった。午後も、新聞を読んだり、ラジオを聞いたりしてあまり勉強しなかった。

一一　1　×　2　×　3　×　4　○　5　○　6　○　7　×　8　○　9　×　10　×　11　×　12　×　13　○

一二　1　1―1、3、6、12、16、20、22　2―2、3、4、5、7、8、9、10、11、13、14、15　3―17、18、19、21、23、24、25、26、

27、28、29、30 二 私は日本人、アメリカ人、ロシア人の乗客を乗せたソ連機で、シベリア上空を飛行している。

國家圖書館出版品預行編目資料

談話の構造/日向茂男，日比谷潤子共著；名柄迪監修. --初版. --臺北市：鴻儒堂，民77
面；公分
ISBN 957-8986-59-9(平裝)
1. 日本語言—文法

803. 16 91008625

談話の構造

定價：150 元

1988 年(民 77 年)10 月初版一刷
2002 年(民 91 年)5 月初版三刷
本出版社經行政院新聞局核准登記
登記證字號:局版臺業字 1292 號

著　　者：日向茂男、日比谷潤子
監　　修：名柄 迪
發 行 人：黃成業
發 行 所：鴻儒堂出版社
地　　址：台北市中正區 100 開封街一段 19 號二樓
電　　話：23113810・23113823
電話傳真機：23612334
郵政劃撥：01553001
E — mail：hjt903@ms25.hinet.net
香港經銷處：智源書局・九龍金巴利道 27-33 號
　　　　　永立大廈 2 字樓 A 座
電　　話：23678482・23678414